# 世界を翔ける男

エイズ問題に取り組んだ青年たち

Masaharu Ogyu
荻生 正春

文芸社

# 世界を翔ける男

エイズ問題に取り組んだ青年たち

## 世界を翔ける男 ■ 目次 ■

# 南アフリカ共和国からやって来た青年

二〇〇一年の初めに、フリー・ジャーナリストである宇治宙太郎の家に南アフリカ共和国の青年、アルフレッド・マハラジがホームステイを始めて、もう半年余になる。マハラジ青年も、今では日本の生活にすっかり慣れてきていた。

「日本はすぐれた文化国家で、町は整然としていて文化的だけど、人間があふれていて気忙しい国…というイメージを持っていたんです。だから、初めてこの町にやってきたとき、辺りが至って閑寂で、目立った環境破壊もなく、人通りが少ないことを意外に思いました」

彼はそう、述懐する。

その後、マハラジ青年も朝夕の恐るべき雑踏を経験することになったのだが、この町に関しては宇治も彼と同じように、とても気に入っていた。

最近は開発が進んでいるが、それでもまだちょっとした森が方々にあり、窓から遠くを眺めると、四方に青々とした木々があふれている。大きな工場もなく、空気は清浄であった。五、六階建てのマンションは至るところにあるが、馬鹿でかい高層ビルはない。

高い建物といえばランドマークタワーと電波塔くらいで、晴れた日は遥か遠くにその姿がくっきりと浮かび上がった。近くにはせせらぎもあり、あちこちに小さな公園もある。少し広い公園では、よく子供たちを交えた野球チームがのどかな対抗試合を繰り広げていた。

土地の人の話によると、この辺はもともと田や畑で、住宅地として開発されたのはごく最近のことだという。道路が整備された今では田は無論のこと、畑も数えるほどしか残っていない。比較的大きな地主はマンションを建設したり、駐車場を作ったりして、不動産業を始めるケースもあったらしい。

もともと農業を営んでいた人たちも今ではサラリーマンとなり、他所から移ってきたサラリーマンと区別がつかなくなっていた。

宇治の家も祖父母の代までは中農程度の農家であったが、開発の波に抗することができず、周囲の土地を売って家を改築し、サラリーマンの道を歩むことになった。家族は両親と妹の四人家族で、マハラジ青年は米国に留学中である妹、順子の部屋に寝泊まりしている。

土地は閑寂といっても、不便な所ではなかった。窓の向こうに見える三叉路に人通りは少なかったが、自動車はひっきりなしに通る。五分も歩けばバス通りに出られたし、バスに十五分も乗れば、JR東日本の駅に着く。さらに二十分も電車に乗れば日本の中枢であるビッグターミナル、東京駅に到着するのだから。

町にはつい最近二つのスーパーマーケットができて、買い物も便利になった。マハラジ青年にとってはまたとない、良い環境だった。

マハラジ青年は、エイズについて研修するために日本へやって来た。この町ではエイズのエの字も人々の口に上ることがなく、南アのようにエイズに関する身近な出来事があるわけでもない。

だが、この国では情報通信に関する技術が進んでいて、豊富な資料に当たり、必要

な データを入手することが容易い。その点が、南アとの大きな違いだ。そのうえ、宇治というジャーナリストが話し相手になってくれることもあって、この町は、マハラジ青年にとって格好の研修場所だったのだ。

ホームステイのほうが落ち着くと、マハラジ青年はさっそく最寄りの日本語学校に通い始めた。昼間の学校へ通う以外の時間を活用して、各種の報道や資料にも目を通した。

宇治の両親と共に囲む朝夕の食卓はマハラジ青年も相伴し、互いの異郷の話で賑わう。そして食事が終わると、二人の青年は順子の部屋で語り合って過ごす。話は多岐にわたったが、中心となるテーマは、やはりエイズである。

この町では特にエイズが話題に上らないとはいえ、世界の多くの国々と同様、日本でもエイズは人々の大きな関心事だった。そしてエイズに関する報道の中でも、とりわけセンセーショナルな話題になったのが、薬害エイズ事件である。

「薬害エイズ事件の中心人物である安部被告が無罪となって、エイズ感染者はさぞくやしい思いをしているでしょうね」

マハラジ青年は自国の感染者のことを思ってか、そんなことを言った。

「そうだね。非加熱製剤と加熱製剤の使用境界は難しい問題だと思うけど、いずれにせよ、非加熱製剤で感染者が千四百人、死者が五百人も出ているのは事実だから。被害者の無念もよくわかるし、彼らのことを考えると、何とも割り切れない気持ちになる人は多いんじゃないかな」

ジャーナリストの宇治が一般の人より関心が強いのは当然かも知れないが、それにしても、非加熱製剤が新生児出血症や手術を受けた多数の人々の輸血にも広く使用されていた事実にはぞっとするのだった。


宇治は半年ばかり前、ある雑誌社の依頼を受けて、南アフリカ共和国のエイズの実態を調査に出かけた。宇治はこの時、マハラジ青年の家に一カ月ばかりホームステイしたのだ。

マハラジ一家は宇治一家と同様、父母と妹の四人家族で、家族構成が似ていた。宇治とマハラジ青年は歳も近く、宇治が二十八歳でマハラジ青年が二十四歳、二人ともまだ独身だった。

独身をよいことに、マハラジ青年はエイズの研究に没頭し、宇治は世界中を飛び回って仕事をしていた。そんな共通点もあって、二人はすっかり意気投合した。

宇治が調べたところ、南アフリカ共和国はアフリカ系黒人が七六・三％、ヨーロッパ系白人が一二・七％、カラード（混血）が八・五％、インド・アジア系二・五％で構成されている。マハラジ一家はカラードの一家だった。言語は英語、アフリカーンス、ズールー語など、計十一が公用語となっている。

マハラジ青年は民族語のほかに、英語が達者のようだった。

宇治は英語の読み書きなら自信があるほうだが、一般の日本人のように会話は挨拶程度だったので、通訳を妹の順子に頼むことにした。順子は英語の武者修行とばかりに喜んで引き受け、兄妹は二人でマハラジ家にホームステイすることになった。

マハラジ家には同じ歳ぐらいのマハラジ青年の妹がいたので、順子も話し相手には事欠かなかった。

ある日、マハラジ青年は宇治兄妹に、南アフリカ共和国の国情を話してくれた。

「一九九一年四月、ANC（アフリカ民族会議）の指導者ネルソン・マンデラ氏が釈放され、その年の六月には悪名高いアパルトヘイトという制度が廃止されました」

アパルトヘイトが世界各国で何と呼ばれているかは知らないが、日本では人種隔離政策として知られていることは宇治も先刻承知であった。

マハラジ青年は話を続ける。

「そして、一九九四年にはネルソン・マンデラ氏を大統領とする政府が樹立された。政府の閣僚は二十七名で、ANCから十八名、NP（国民党）から六名、IFP（インカタ自由党）が三名という構成だった」

つまりマンデラ政権は、南ア初のアフリカ系黒人の政権ということになる。

「ANCが黒人の政党で、閣僚の過半数が黒人で占められていることからも、マンデラ政権は黒人の政権と言えると思う。このとき、それまで長きに渡って白人が支配していた南アフリカ共和国は、黒人が統治支配する国になった。この南アの画期的な変化に、世界中の多くの人々も拍手喝采してくれた。もはや、人種差別の時代は終わったとばかりに…。

だけど、この段階では南アの黒人政権はやっと始まったばかりで、その後、元大統領で第二副大統領のデクラーク党首率いる、白人の党NPの閣僚が全員辞任する事件もあった。一九九九年六月に大統領がマンデラ氏から第一副大統領のターボ・ムベキ氏に代わった今も、依然としてこの国は大いなる建設途上の中にある。治安もよくないし、都市部では犯罪も多発している。そんな状況だから、当然ながらエイズの問題まで手が回らなかったんだね」

マハラジ青年はそこで一息ついたが、その表情はひどく悲しげに見えた。

## 世界で最もエイズ感染者が多い国、南アフリカ共和国

南アフリカ政府が二〇〇一年三月二十日に発表した情報によると、最新の調査でこの国のエイズ感染者は、全人口の九人に一人に当たる、推計四百七十万人に達したらしい。一年前、すでに世界最多の四百二十万人が感染していたというのに、わずか一

年で五十万人も増えていた。しかもこのとき、妊婦の四人に一人が感染しているといった事実も明らかになったのである。

妊婦に関する調査は二〇〇〇年十月に、全国四百カ所の公立産科医院から無作為に集めた、約一万六千五百人の妊婦の血液サンプルを使って行われた。それによると妊婦の感染率は二四・五％に上り、特に二十歳から二十九歳までの年齢層の感染率は二九・九％と高くなっているそうだ。

そこでマンデラ前大統領がコンドームの使用を訴えるなど、二〇〇〇年からエイズの啓発キャンペーンが本格的に展開されることになったのだが、効果はまだあまり上がっていないようである。

国民にとって、治療薬が高価すぎることも大きな問題の一つになっている。

エイズの進行を遅らせる治療薬は高価だから、南アでは窮余の一策として特許料未払いのままインドやブラジルから購入できるように法改正を行った。しかし、この法改正に対して米国などの大手製薬会社三十九社は、特許権の侵害を理由に訴訟を起こしている。

この日の話はここで終わったが、三、四日経つと、またマハラジ青年は宇治たちを相手に南アの窮状を語り始めた。話して気が晴れるということはないにしろ、少しは気分が落ちつくのだろう。

「世界のエイズウイルス感染者、つまりエイズ患者の七割はサハラ砂漠以南のアフリカ諸国に集中しているという話です。アフリカで千七百万人の命を奪った脅威のウイルスは、今も急速な勢いで広がり続けているんだ。そしてその背景には、政府の対策の遅れ、貧困、差別といった、アフリカ社会の伝統的な問題が複雑にからみあっている」

宇治が調べた一九九七年の国連エイズ計画のデータによれば、エイズ感染者の世界分布は、次のようになっている。

● 北米　八十六万人
● カリブ海諸国　三十一万人
● 南米　百三十万人

●オーストラリア・ニュージーランド　一・二万人
●南アジア・東南アジア　五百八十万人
●東アジア太平洋諸国　四十二万人
●東欧諸国・中央アジア諸国　十九万人
●西欧諸国　四十八万人
●中東・北アフリカ諸国　二百十三万人
●中部アフリカ諸国・南部アフリカ諸国　二千百万人

ちなみに、この時点で全世界の感染者数は合計三千六十万人だったが、二〇〇一年現在は、約四千十万人となっている。このうち二千七十万人は十五歳未満の子どもだった。

確かに、感染者数はサハラ以南のアフリカ諸国が突出していたし、中でも南アフリカ共和国は間違いなく最多国だった。

マハラジ青年は言う。

「それなのに南アの危機意識は薄く、国の対策は遅れに遅れている。例えば、マンデラ前大統領の報道官を務め、与党ANCの若手のホープと言われたパークス・マンカラナ氏が二〇〇〇年十月、ひっそりとこの世を去った。彼にしても、家族は否定しているが、エイズが死因だと報道されている。エイズによる死は南アでは珍しくないし、南アの墓地では早過ぎる死を迎える人々の遺体が、連日のように埋葬されている。

……南アばかりでなく、南部のアフリカ諸国に共通している問題は、政府のエイズ対策が大きく遅れていること、悲惨な現状が叫ばれている割に治療や予防の体制が整っていないこと、さらに啓発活動の遅れが誤解や偏見を生み、感染者の差別にもつながっていること等々が挙げられると思う。

ことに世界最多感染国である南アでは、エイズがタブー視されている。感染者は仕事や友人や名誉を失うことを恐れて、感染していることを家族にすら言い出せないでいる。感染を公表した女性が、地域の恥だと近隣の住人たちに撲殺される事件も起きているんですよ。

それでも感染を防げないのは、コンドームを使わない性交渉や、男尊女卑の伝統が大きな原因になっていると思う。南アではコンドームを使用する十代は一割に満たないといった調査結果もある。というのも、この国には〝コンドームを使う男性は臆病者で、コンドームの使用を求める女性は男性のプライドを傷つける悪い女〟と見なされる、文化的背景があるんです。

また、この国では地位のある男性は何人も愛人を持つことが常識となっているんだけど、それがまた多くの感染者を出す原因になっている。それに一人一日二ドル以下で暮らしている南アの人たちにとって、毎月数万ドルもかかる治療薬は、手の届かない夢物語と同じなんですよ」

マハラジ青年の目は、いっそう深い悲しみに満ちているように見えた。宇治も順子もただ、頷くしかない。マハラジ青年の話は続いた。

「南アフリカ共和国も、かつては世界的な医療水準を誇っていた。あの悪名高いアパルトヘイト政策時代の一九六七年には、ケープタウンの病院が世界初の心臓移植手術に成功した事例もある。そんな高い医療水準を支えてきたのが、欧米から貴重な文献や技術を直接取り入れてきた白人医師たちだった。

ところが一九九四年に黒人中心の政権が発足してからは、治安の悪化、都市犯罪の急増激化を理由に、医師・弁護士など専門職の頭脳流出が続いている。その数は毎年約一万人以上にも上り、特にエイズ医療に造詣の深い医師の流出が目立つそうだ。

南ア医師会の統計によると、九八年には約三万二千人だった医師の数が二〇〇〇年には二万七千人と、一五%余りも減少している。その後も医師や医療関係者の国外流出は続き、歯止めが効かなくなっているのが現状らしい。

都市部の犯罪の急増などによって、若手医師を中心に国の将来に対する不安が広がっているのが理由なんだが、そこに追い討ちをかけているのがエイズ禍なんだと思う。実際、診察・治療による感染の不安を公言する医療関係者も少なくないからね。

私はエイズとの闘いに不可欠な医療関係者の流出は、極めて深刻な事態を招くだろうと危機感を覚えている。国内に残っている医師にしても、九割近くが白人かカラードで、黒人の医師はまだ育っていない。減少したぶんをキューバなど各国から移住してきた医師が埋めてはいるが、それだけじゃ全然追い付かないのが現状なんです。

国外に脱出した約四千人の医療関係者のうち、六割以上が九〇年以降に資格を取った若い医師たちだと言われている。独身の身軽さを生かして、多くは南アの医師の資格が通用する英国やカナダ、オーストラリアなどに移り住むらしい。

当然のことながら、医療現場には深刻な影響が出始めている。ヨハネスブルク郊外の旧黒人居住区ソウエトで、多くのエイズ感染者が通院するクリス・ハニ・バラワナ病院は三十人以上の医師不足と言われていて、連日診察待ちの患者が長蛇の列を作るほどなんだ」

マハラジ青年は、そこの患者である三十四歳の男性、クリストファー・ラミニさんの声を直接、聞く機会があったという。

「彼は、エイズ禍による国家的危機から国民を救うために、医師たちは国内にとどまってほしいと嘆いていたよ。最近の意識調査では、新卒の医師の約四割が、今後一年以内に国外に移住すると答えている。

そんなわけで南ア政府は二〇〇一年の初めに、千五百人もの南ア医師を受け入れているカナダなどに対して、新たな勧誘を取り締まるよう異例の申し入れを行ったんだ。しかし、医師の流出は南アの国内問題だと、あっさり退けられてしまった。ジェイコブ・ズマ副大統領は、われわれは先進国のために医師を養成しているわけではない、南アのために働く黒人医師を増やす体制を整えなくては…と声明を発表した。南ア政府も最近では、危機感を隠し切れなくなっているんだよ」

マハラジ青年は吐き出すように一気に話し終えると、心を落ちつかせるかのように瞑想にふけった。順子も骨の折れる通訳を終えて、ほっとしている様子だった。

宇治は宇治で、これからのことを考えていた。

宇治はマハラジ青年から話を聞くだけでなく、合間を見て南アのあちこちを見て回っていたので、南アのエイズに関する取材は一通り終わっていた。しかし、それを原稿にまとめて雑誌社に送ることで、自分の使命が終わるとは思えなかった。

南アのエイズ禍について調べるうちに、雑誌社から受けた仕事とは関係なく、人として、エイズの治療薬を安価に提供することが急務だと考えるようになっていた。

もちろん、彼は医師ではないから、自分で新しい治療薬を作り出すことなどできない。しかしジャーナリストという職業柄、幅広い先端情報の入手には長けている。そして、その利点を活用しようと思えば、南アにいるより日本に戻ったほうが断然有利である。そう考えて、宇治は南アを引き揚げるとマハラジ青年に告げた。ちょうど南アに来て、一カ月になる頃だった。

すると、マハラジ青年は自分も日本でエイズを研究しながら、できることがあれば協力したいから、ぜひ日本に連れて行ってくれという。こうして、マハラジ青年は宇治の家にホームステイすることになったのだった。

## エイズはアフリカ経済にも壊滅的な影響を与えている

順子は米国留学に戻って行ったが、日本語学校に通うマハラジ青年の進歩は早く、片言から始まって、宇治とはすぐに、日本語で何とか会話できるようになった。

宇治はエイズに関して自分が知っていること、知り得た情報は一つ残らずマハラジ青年に伝えた。南アでは主としてマハラジ青年が話し手だったが、日本に来てからはほとんど宇治が話す側になっていた。

「そもそもエイズなんて奇妙な病気が一体どこからやってきたのか、誰もが不思議に思っているんだが、実際、未だにはっきり解明されていないらしい。

エイズウイルスＨＩＶには、ＨＩＶ１とＨＩＶ２の二種類があると言われている。そのうちＨＩＶ２は西アフリカだけに限られているから、問題となるのはＨＩＶ１だけだという説もあるが、ＨＩＶ１にしても、起源はわかっていない。アフリカの中央部に住むチンパンジーからヒトに感染したというのが、今のところいちばん有力な説だ。いっぽう、記録によると最初にエイズ患者が出たのは米国で、一九八一年に米国でエイズ患者が出現してから、患者は各地に急速に広がっていったという説もある。この話は本当にややこしいところがあるよ」

「興味深い話だけど、治療とはあまり関係ないような気がする…」

マハラジ青年が口をはさんだ。

「ところが、そうでもないらしいんだ。ＨＩＶの起源が解明できれば、ウイルスの進化プロセスが治療戦略を立てる手がかりとなる。だから期待されている研究なんだよ」

マハラジ青年はエイズ蔓延をきっかけに志願して、南アの医学部を卒業していた。それなのに医学部出身の自分より、Ｋ大学文学部出身だと聞いている宇治のほうが詳しいことに、思わず苦笑してしまう。

二、三日経って、次に宇治は、エイズの感染経路について情報を仕入れてきた。

「君もよく知っていると思うけど、通常の感染ルートは性交渉だ。性交渉は人間だけでなく、すべての生物の種の保存に不可欠な行為だということを思うと、厄介な病気だよね。

そしてもう一つの大きな感染経路が、輸血だ。WHO（世界保健機関）二〇〇〇年四月の報告によると、今も安全性の検査が不十分な輸血によって、世界中で年間八万人から十六万人もの人々がHIVに感染しているそうだ。

血液や体液を介する感染は、輸血以外にも麻薬の静脈注射や、不潔な注射針による回し打ちが原因となっている。ミャンマーやロシアなどでは、麻薬中毒者を通じてエイズ患者が異常に増加しているという情報もある。加えて、忘れてはならないもう一つの感染ルートが、母子感染だ。

WHOと国連エイズ計画UNAIDSの最新のエイズ報告書によると、二〇〇〇年の段階ですでにエイズウイルスに感染している人は三千六百十万人、これに推計五百三十万人の新しい感染者が加わると予想されている。また、これまでにエイズで死んだ人は実に二千百八十万人に上るそうだ。

中でもサハラ砂漠以南のアフリカ諸国の状況が深刻で、この地域だけで二〇〇〇年には三百八十万人が新たに感染し、世界中の感染者の七〇%に当たる二千五百三十万人が生活していることになるそうだ」

マハラジ青年は初め、あまりにも大きな数字に実感がわかず、ピンとこなかった。しかし、さすがにサハラ砂漠以南の話にはぞっとする。我が南アフリカ共和国は、この二千五百三十万人のうち、世界最多の四百七十万人という感染者を抱えているのだ。

さらにマハラジ青年を驚かせたのが、次の話だった。

「サハラ砂漠以南に暮らす二千五百三十万人の感染者のうち、五五%が成人女性の感染者だそうだ。報告書は、十人に一人の子供がエイズで母親をなくし、二〇〇一年までに四千万人の孤児が誕生すると訴えている。当然、感染者から生まれる子供は母子感染している可能性も高い。胎児の多くは母体内で胎盤を介して母子感染するんだが、そこで感染しなくても、出産時、さらには出産後に母乳を介して感染することもある。

とにかく、エイズの広がりはアフリカ各国の経済にも大きな影響を与えているんだ。全体の影響とその関連性について具体的に示す統計はないが、エイズ問題を現状のまま放置すると、たとえば南アの国内総生産GDPは二〇一〇年に一七％減少するだろうと報告書は警告しているよ」

## エイズがもたらす苦しみは、国が違っても変わらない

宇治とマハラジ青年は、必ずしも毎日話し合っているわけではない。情報の収集や資料整理などのために宇治が家を留守にすることもあって、二、三日、時には一週間ぐらい間が空くこともあった。マハラジ青年はその間、これまで宇治に聞いた話を整理したり、受け取った資料に目を通して過ごしていた。

「今日は一つ、感染ルートからエイズ対策について考えてみようか」

ある日宇治は、そんなふうに話を切り出した。

「まず性交渉だけど、エイズウイルスという厄介な病気の出現によって、性交渉も何となく不自由なものになってしまった。でも、こうなってしまった以上は、エイズウイルスに感染しないよう、万全の注意を払って性交渉するしかない。相手によっては、絶対にコンドームを使用したほうがいいね。

コンドームの使用に抵抗を感じる人が多いかもしれないけど、南アのように九人に一人がエイズ感染者だとしたら、マンデラ大統領が言うように、コンドームが必需品であることは間違いない。まずは予防が、最も重要な対策なんだから。

そして、すでにウイルスに感染してしまったら、治療するほかに手はない。現在、エイズ治療薬は半年ごとに新しいクスリが開発されていると言われるくらい活況だけど、その中で最も有効な治療薬を、安価に提供できるようにしていくこと。それが僕たちの共通の関心事であり、仕事だと思うよ」

「そうですね。私にはやるべき仕事がいろいろあるけれど、高価な治療薬を貧しい患者たちに安く提供したい。そのことは、いちばん重大な任務の一つだと思っているんです」

マハラジ青年は自分に言い聞かせるように言った。

「感染の話に戻ると、日本では輸血による感染がいちばん知られている。一九七〇年代に血友病や肝臓機能障害の止血を目的に、米国製の血液製剤の販売が始まった。この血液製剤にエイズウイルスが混入していたために、日本中の患者がエイズ感染してしまったというわけである。

血友病は男性だけの病気だが、男性を通じて女性にも感染した。また手術を必要とする患者や新生児にもこの血液製剤は使われた。この血液製剤がいわゆる非加熱製剤で、日本の薬害エイズ事件の元凶として知られているものなんだ。日本では一九八六年から加熱製剤の販売をスタートしたのに、危険な非加熱製剤が回収されなかったために、被害はさらに拡大したんだよ。

さて、こういう薬害事件が社会的に大きな問題となって、そのぶん輸血が安全になったかというと、そうとも言えない。というのは、輸血用の血液は一般に、献血によって集められるものだからなんだよ。

日本の献血制度を例にとって見ると、七人に一人はエイズの検査目的で献血にきていることが、エイズ疫学研究班の追跡調査で明らかにされている。ところが、エイズは感染直後に限って、感染していても抗体が陰性を示す、ウインドーピリオドという空白期間があるらしい。だから、もし献血に来たのがこの時期であれば、ウイルスに汚染されていても、検査をすり抜けてしまう」

「献血もうっかりしてもらっては困るんですね。まして、検査目的なんて…」

そう言って、マハラジ青年は眉をひそめた。

「当然、日本赤十字社も厚生労働省も、チェック体制を強化しようということにはなっている。そこでまず、エイズ疫学研究班が全国のエイズ治療拠点病院を対象に調査を始め、献血後に感染が判明して、治療を受けている人たちのアンケートを実施してもらったんだ。アンケートの回答を読んでみようか？　回答者九十人のうち、ＨＩＶ感染の危険性を自覚しながら、つまり感染しているかも知れないと思いながら検査目的で献血したと答えた人は十三人。七人に一人の割合だね。

エイズ検査が目的でなかったと答えた人の中にも、自分は感染しているかも知れないと思いながら、企業の団体献血だったので断れなかったと打ち明けているケースもある。

また、感染経路を見ると、同性間の性交渉によるものが四十八人、特定の異性との性交渉が十六人、不特定の異性との性交渉が十二人、その他の不明者が十四人といった具合だ。

献血時には問診が行われる。その問診では、過去一年間における不特定の異性、また同性間による性交渉の有無を質問し、該当者の献血は断っているから、今回の調査では、感染判明者の多くが問診の際、虚偽の回答をしていたこともわかるね。

それから、献血時の検査でエイズ感染が判明した事例は一九九〇年に二十六人だったものが、九五年には四十六人、二〇〇〇年には六十七人と、年々増加している。九九年にはＨＩＶの混入した献血血液を輸血された患者二人がＨＩＶに感染するなど、ウインドーピリオドをすり抜けた事例も報告されている」

「そうなると事故や病気で手術が必要になっても、輸血してもらうのが怖い、ということになりそうですね」

マハラジ青年は首をすくめた。

「日赤ではウインドーピリオドの期間を半減させる検査方法を導入してみたり、検査の限界を補う問診を強化したり、当局もいろいろと対策を考えているようだけどね。どれも完璧とは言えないんだ。

アンケート結果からもわかるように、そもそも問診で本当のことを答えてもらえない場合も少なくない。血液センターの幹部によると、問診票に偽名を記入する人もいるくらいなんだ。こういう検査目的の献血を止めてもらうためにも、全国の保健所で匿名かつ無料でエイズ検査を受けられるようにしているんだが。この検査を受けた人も、一九九二年の十三万六千人がピークで、二〇〇〇年には約四万九千人に落ち込んでいる。良いことなのか悪いことなのか…」

「それにしても数字から見ると南アとは桁違いで、日本が羨ましい。ただ、桁は違っても、参考になる部分は多いにあります」

「この病気がもたらす悩み苦しみは、国が違っても変わらないからね。例えば、現在七十一歳になるという女性の、こんな話がある。

彼女の長男が血友病だとわかったのは、その子が三歳の時。血友病は出血しやすく、またいったん出血すると血が止まらなくなってしまう病気だから、手術はもちろん、小さな外傷や抜歯にも厳重な注意が必要だった。

高校の国語教師だった夫は設備の整った病院がある地域へ転勤を志願し、幾度となく長男に血液を提供してきた。そんな家族の思いも懸命な看病も届かず、病状が改善しないまま長男は成人した。そして一九八七年、三十五歳の時に、治療のため投与された非加熱製剤によってＨＩＶに感染してしまった。

前に話したように、日本では加熱製剤が八六年から販売スタートしていたが、十分に行き渡っているわけではなかった。八六年四月に大阪で肝臓病にかかっていた男性患者が非加熱製剤投与によってＨＩＶに感染、九五年十二月に死亡した例もある。

一九九四年四月、東京でＨＩＶ訴訟が起こされ、この長男も原告団の一員に加わって国や製薬会社に損害賠償を求めた。訴訟は九六年三月に和解が成立したが、そのわずか半年後に、長男も夫も帰らぬ人となった。

長男はその時、四十四歳。四十年にわたる闘病生活を支え、共に東京のＨＩＶ訴訟を闘った七十九歳の夫も長男の告別式の最中に事故死したのであった。

夫は九三年十月、都内の斎場で行われた長男の告別式で、喪主として参列者に、薬害は絶えないでしょう。しかし今まで以上に関心を持って、見つめていってください、と挨拶をした。

そのあと、棺を二階から一階の火葬場に運ぶのを手伝ったが、階段で転倒して、頭を強打。

夫は意識がもどらぬまま、約一カ月後に死亡した。長男の傍にいたい、と前日の通夜には遺体に寄り添った。その前日も病院の霊安室で夜を明かしており、睡眠不足の末の不慮の事故であった。

妻である七十一歳の女性は、四年半を過ぎた今も悲しみは癒えないでいるのであった。それでも最近は、少しずつでも立ち直らなければ、と考えはじめていた。

そして、薬害エイズの判決を夫と長男への思いを込めて、見守っていたのであった」

「……悲しい話ですね。多かれ少なかれ、人は誰でも悲しい思いを抱えて生きているのかも知れないけど」

マハラジ青年はつぶやくように言った。

「本当だね。これはほんの一例で、エイズ患者もその家族も、みんなそれぞれの悲しみを背負っているのかも知れない」

向き合ったまま、二人はしばらく言葉のない時間を過ごした。

## 知れば知るほど、エイズという病気は恐ろしい

「麻薬中毒者が使用する注射針の問題なんだけど」

翌日になると、こんな調子で宇治は話を再開した。

「注射針といっても、医療関係で使われているものは、それほど問題にはならない。注意さえ怠らなければ…だけどね。いっぽう、麻薬中毒者が使う不衛生な注射針、注射の回し打ちには危険がいっぱいだ。といっても、性交や輸血のように直接エイズの感染源になるわけじゃない。麻薬中毒者とエイズ感染者の間に注射針が介在して、初めてエイズ感染の危険性が生じてくるんだが。

麻薬には鎮静、麻酔に使用されるモルヒネ、ヘロイン、コカインと、覚醒剤として使用されるヒロポンなどがある。

これらの麻薬は、例えばコカイン製のクラックなど、不正使用の現場ではいろいろな名前で呼ばれている。これらの薬物を医療従事者の許可なく不適切に使用することを薬物乱用といい、中毒を起こして止められなくなった場合を薬物依存という。

この時、依存している薬物によっては注射器を使うだろう。その他はシンナー遊び、睡眠薬乱用といったものもある。シンナー遊びはシンナー、ラッカー、トルエンなどをポリ袋に入れて揉み、その蒸気を吸入する。それで得られる向精神作用は、含有するトルエンに起因するらしい。

シンナーは、たった一回の吸入で呼吸麻痺によって死に至ることもあると言われている。吸入すれば抑制力がなくなり、現実を誤認することによって強姦、殺人などの重大犯罪の原因になることもある。さらに常用によって脳波異常を起こし、無気力になるなど、人格も破壊されていく。

さらにシンナーは、吸入を止めても幻覚妄想を伴う精神病状態、および全身が麻痺する中毒性神経炎のような後遺症を残すことがある。このように有機溶剤・麻薬中毒に陥ったあと、薬物を使用しなくてもストレスなどをきっかけに酩酊時の症状が再燃することを〝フラッシュバック現象〞と呼ぶそうだ。

次に睡眠薬乱用だが、これはアルコール依存症に似ていて、一般に体がだるくなり、仕事に集中できなくなる、自殺未遂、器物損壊、暴行、交通事故等の問題行動を起こしやすくなる。先に挙げたヘロインなどの麻薬も、これと似ていて、より重い症状が引き起こされるらしい。

まぁ、このへんのことはあくまで麻薬常用者を外部から観察した上の話であって、その悲惨さ、壮絶さ、恐ろしさは、あくまで体験した本人しかわからないと医師は話していたけどね」

「麻薬のことはよく知らないけど、要は不衛生な注射針の使用や、注射の回し打ちが、エイズ感染のきっかけになるということだね」

医師の卵であるマハラジ青年は、そう言って頭をかいた。

「そうなんだ。次に母子感染の話に移ると、これもまた大変な難問なんだよね。

さて、エイズ患者には同性愛者と売春婦が多いというのは、よく聞く話だ。同性愛者はともかく、女性が売春婦になるのは、貧困が理由である場合が少なくない。ところが、この貧困を解消するのが、国政においては難事業中の難事業というわけだ。それに、母子感染を防ぐためには母親のエイズの進行を遅らせることも一つの手段だが、この進行を遅らせる治療薬が高価で、貧困家庭には手に入らない。

ちょっと全般的な話になるけど、君も知っているようにＨＩＶはエイズウイルスとも呼ばれている。ＨＩＶ（Human Immunodeficiency Virus）はヒト免疫不全ウイルスの略語で、エイズはＡＩＤＳ（Acquired Immunodeficiency Syndrome）、後天性免疫不全症候群という病名の略語だ。

ＨＩＶ＝エイズウイルスに感染すると人は徐々に免疫力が低下し、エイズを発症して、いろいろな病気にかかるようになる。だがＨＩＶに感染しても、すぐに症状が現れるわけじゃない。六カ月から十年以上、無症状の潜伏期間を経て発病すると言われているんだ。

エイズの感染ルートのうち、母子感染は二〇％程度だが、帝王切開を選択すると感染率が低下するらしい。また、ＨＩＶ感染者が妊娠するとエイズ発症が早まるという説もある。

一般にエイズウイルスに感染すると、咽頭痛、筋肉痛、倦怠感など、いわゆる風邪に似た症状が二週間から三週間続くことが多いが、その時期を過ぎると無症状になる。無症状の潜伏期間は個人差が大きく、六カ月という場合もあるが、一般的には五年から十年と考えていい。このように無症状の状態が長く続くのは、体内でＴ細胞が感染細胞を破壊し続けているからだと言われる」

「Ｔ細胞とは？」

マハラジ青年もエイズについては大分知るようになったが、知らない部分もまだ多い。

「Ｔ細胞というのは免疫を担当する細胞の一つだよ。胸腺で分化したリンパ球をＴ細胞というらしい。胸腺とかリンパ球について、それ以上詳しいことは僕にはわからないが、いずれこのへんは君の研究分野になるんだろう？　だから、今は免疫の仕組みについて簡単に説明しておくだけにするよ。

さて、人体に外からウイルスや細菌などの異物が入ってくると、これに抵抗する物質が体内にできて、異物を無害なものにして体外に排出しようとする反応が起こる。こうして病気に感染するのを防ぐ身体の仕組みを免疫と呼んでいるわけだ。この時、外から入ってくる異物が〝抗原〟、この〝抗原〟に抵抗する物質が〝抗体〟と名づけられている。

免疫には大きく分けて液性免疫と細胞性免疫とがあり、T細胞によるものが後者。つまり白血球のリンパ球が免疫のもとになる物質の一つで、〝抗原〟が入ってくるとリンパ球が〝抗体〟となって異物を取り囲み、攻撃するんだ。

僕の免疫に対する知識はこの程度だよ。いずれ君は免疫に関して、もっと精細に知ることになるだろうけど。

じゃ、この免疫の仕組みをエイズに当てはめてみようか。

HIVに感染すると、ウイルスは体内でリンパ球や中枢神経などの細胞の中に潜伏して増殖を続ける。その増殖スピードたるや、一日に百億個という激しい増殖を繰り返すらしい。それじゃ身体中がウイルスだらけになると思うかもしれないが、そんなことはない。ウイルスの大きさは十～三百nm。ナノ(nano)という十億分の一を表す単位で規定される小ささだから、電子顕微鏡でもなければ、その存在を知ることすらできないんだ。

また、エイズウイルスに対してキラーT細胞を中心とする免疫反応も、常にこれらの感染細胞の破壊を行っていて、こちらも一日十億個から百億個に及ぶと言われている。この期間がいわゆる無症状の期間であり、均衡が破れて破壊が増殖に追い付かなくなると発症すると考えられている。

よって無症状の期間は、かなり個人差があると思ったほうがいい。そして発症すると、持続性の発熱、多汗、下痢、体重減少、帯状疱疹、口腔白斑などの症状が連続的または同時多発的に起こってくる。さらに唇や粘膜、腸管、心臓、肺、内分泌系、神経系などの臓器も影響を受けていく。しかしそれらもあくまで前段階に過ぎず、エイズが進み免疫不全症候群がひどくなっていくと、カリニ肺炎などの日和見感染症やカボジ肉腫などの悪性腫瘍を合併して、死に至るというわけだ」

「日和見感染症?」

「ただでさえ医療関係の用語は難しいのに、またややこしい日本語だよね。日本には日和見主義っていうのがあるんだ。これは周囲の形勢をうかがって、形勢有利な側に着こうとする態度のことなんだけどね。

ところで日和見感染症というのは、ふつうの健康な人の場合は感染しても病原性を現さず発病しない。言ってみれば、無害と思われるようなウイルスや細菌、原虫、カビなどが、いったん人体の抵抗力や免疫力が低下すると、急に活発化して発症する感染症のことをいうんだ。ウイルスなどが周囲の形勢をうかがって、日和見しているように見えるから、この名称をつけたんだろう。

日和見感染症には、カリニ肺炎やカポジ肉腫のほかにクリプトスポリジア症といったややこしいのも挙げられる。時には結核や帯状疱疹、肛門及び直腸がんなどの日和見腫瘍も起こると言われている。これら日和見感染症の中でも、大部分のエイズ患者の死因となっているのがカリニ肺炎で、カリニという原虫によって起こる肺炎なんだ。放射線治療や、あるいは副腎皮質ホルモン剤や広域抗生物質の連続投与などによっても発生すると言われている。

…それにしても、知れば知るほど、何と恐ろしい病気だろう、と思わずにはいられないね」

「本当に、改めてエイズという病気の恐ろしさを感じるよ」

「どんな病気でも当事者にとっては大変なんだろうが。それにしてもエイズは…」

## エイズ禍と闘った少年、ヌコシ・ジョンソン君の死

そんなある日、ヨハネスブルクから一つの訃報が寄せられた。それは、十二歳の少年、ヌコシ・ジョンソン君が亡くなったという知らせだった。

ジョンソン君の名前だけは知っていたものの、詳しく把握していなかった宇治に、マハラジ青年が解説してくれた。

「黒人の少年、ヌコシ・ジョンソン君は母子感染によって、エイズウイルス陽性で生

まれたんだ。彼の母親はエイズによる様々な感染症で、一九九七年、ジョンソン君が八歳の時に亡くなっている。

ジョンソン君は二歳の時に、エイズに感染した母子を支援している白人女性、ゲイル・ジョンソンさんに引き取られた。そして養母、ゲイルさんのもとで成長したのだが、学齢期に達したとき、エイズ感染を理由に小学校への入学を拒否されてしまった。そこで、ジョンソン君は養母、ゲイル・ジョンソンさんと共に差別撤廃運動を展開、それが大きな社会問題となって、南アすべての学校で感染児童への差別を禁じる規則が導入されたんだ。

二〇〇〇年七月、南アのダーバンで開かれた世界エイズ会議では、ジョンソン君が開会式で〝母子感染を防ぐための薬を普及させてほしい〟と訴えて、国際的に注目された。このときマンデラ前大統領も、深刻な伝染病と向き合う少年の姿勢を高く評価して、ジョンソン君に激励の言葉を送っている。

こうしてジョンソン君は、世界最多の四百七十万人というエイズ感染者を抱える南アフリカ共和国で、患者への差別をなくすよう訴え、エイズ禍と闘った象徴的な存在となったんだ。しかし残念ながら、その彼が二〇〇一年六月一日、ヨハネスブルクの自宅で早朝に亡くなった。前の年から脳障害で意識不明の状態に陥っていたから、多くの南ア国民が回復を祈ってきたんだけどね。意識が戻らないまま、十二歳という若さで息を引き取ってしまったよ…」

「痛ましい話だね」

「痛ましいね。それに本当に、残念だ…」

宇治は、そんな話を始めた。世界エイズ会議から連想したのだろう。

「話は替わるが、一九九八年にスイスのジュネーブで、第十二回国際エイズ会議というものが開かれたことを知っているかい?」

「その会議には世界各国からエイズ研究者、政府関係者、人権活動家ら約一万三千人が集まって、医学や経済における国際間の格差の解消をテーマに話し合った。僕は記者席でメモを取っていたが、会議はエイズの治療、そして予防の進展を目指す人々の熱気で満ち満ちていたよ。しかし、それでもエイズ制圧の道のりは依然として険し…

の感があった。

会議では、三種類以上の薬を使う〝ハート〟と呼ばれる新治療法が議論の的になっていた。ハート療法というのは、この二年間で急速に普及した治療法らしいんだが、我々素人には、なかなかわかりにくいものだった。医学部を出たマハラジ君に、ちょっと解説してほしいんだが…」

「ハート療法か…。これは実際、僕のように医学を学んでいる者にも、ちょっとわかりにくいところがあるんですよ」

マハラジ青年が眉を寄せながら答えた。

「僕も詳細まで全部わかっているわけじゃないんだが…。ハート療法というのは、HAARTという略称を呼んだもので、正式には高活性抗レトロウイルス療法のことなんです。エイズウイルスはレトロウイルスと言われる種の、そのまた一種だから、そういった名がついたらしい。

ハート療法はヌクレオシド系逆転写酵素阻害剤二種と、プロテアーゼ阻害剤一種の、三種を併用する。このように三種の薬剤を使用するので多剤併用療法、またはカクテル療法、あるいは抗ウイルス剤三剤併用とも言われているんです。

従来のエイズ薬には、ウイルスが遺伝子に組み込まれるのを防ぐ、逆転写酵素阻害剤というタイプの薬しかなかった。しかしこのタイプの薬は長期間服用すると、薬が効かない耐性ウイルスが現れてしまう。それが問題だったんだが、一九九五年にウイルスの増殖をブロックする、プロテアーゼ阻害剤と呼ばれる新しいタイプの薬が米国で認可された。そこで、この新しい、違うタイプの薬と組み合わせるハート療法が出現した、というわけなんだよ。

ハート療法は血中のウイルス量を急減させる効果があったから、エイズ治療に光明が射したと話題を呼んだ。しかし、課題が多いのも事実です。何より、薬の飲み方や取り扱いが複雑すぎて、脱落する患者が多いんだ。まず薬の種類によって冷蔵、室温、遮光、除湿と、異なる保管条件を守らなければならない。服薬時間も厳守しなければならないし、他の薬との飲み合わせ、また食物との相互作用にも神経を使う必要がある。さらに飲み忘れて中断したり自己判断で減量すると、ウイルスが薬剤耐性を持つようになって、他の似た薬も効かなくなってしまう危険性があるんです」

## ロシアでは、エイズが爆発的に広がっている

「なるほど、薬の名前もややこしいけど、取り扱い方もややこしいんだね。もっとも、エイズは人類史上いちばん困難な病気だというくらいだから、それも無理ないのかも知れないが。

会議でも、いったん感染してしまったら、ウイルスを完全に消す根治療法は困難だという見方が強かった。そこで、最善の策として予防が話題になった。エイズの予防ワクチンとしては、様々なリコンビナントウイルスとエンベロープ蛋白を組み合わせた方法が候補として考えられるが、明らかに有効とされるものは今のところ存在しないらしい。だから会議では、今後、最も重要な課題は根治療法と、有効な予防ワクチンの開発だと結論づけられていた」

「そういうことになるでしょうね。ちょっと話を戻すと、ハート療法はその後、二年

以上続けた感染者でも、薬を中止するとウイルスが現れることがわかった。だからウイルスの遺伝子が潜む、感染巣と呼ばれる免疫細胞をどう叩くか、それが論議の的になっているんです。

一時は〝感染初期に、急性の症状が現れた患者にハートを実行すれば感染巣ができるのを防げるのでは〟という期待もあったんだが。米国立アレルギー感染研究所のアンソニー・ファウチ医師は、感染初期にハートを実行しても感染巣ができるのを防げなかったと報告している。それで、早期治療でエイズウイルスが治せるという期待は、望み薄になってしまったんです。

ただ、エイズ研究の第一人者である米国のデビッド博士は、ハート療法を続けることで、その間、感染巣の細胞は壊れていくと報告している。薬剤で完治できるかどうかは不明ながら、根治療法はこのハート療法に一縷の望みをつなげている感じですね」

そう語るマハラジ青年の表情がほころんだ後、再び翳った。

「ただ、一般の人には、こういう高価な治療薬がなかなか使えないから、安価なワクチンの開発に期待がかかっているんですが、名乗りを上げたのがベンチャー企業のバクスジェン社です。バクスジェン社は、二〇〇一年の夏に米国内で実施した第三相臨床試験のワクチンについて、九九・五%の人に抗体ができるとアピールしている。実際には抗体ができても、ウイルス変異の激しいＨＩＶへの予防効果を疑う声も多いんだが。

これについては、たとえ有効率が低くても効果があるなら使うべきだとする研究者もいれば、効果が不確実なワクチンは人体実験だと反発する人権団体もある。なかなか難しい問題なんですよ」

う〜ん、と宇治は腕組みをした。

「確かに、会議では何といっても治療薬が高価なことが問題になっていた。ハート療法の有効性は実証されたんだが、とにかく高価なんだ。薬代は感染者一人当たり、日本円にして月約二十万円。こういう薬の恩恵を受ける人の九五%が先進国に住み、感染者の九〇%は途上国に住んでいる、というわけさ。

サハラ砂漠以南のアフリカ大陸では感染拡大を防止できないし、ロシアやアジア各地でも感染者が急増中だ。アジアでは一九九七年来の金融危機が、思わぬ逆風となっている国もある。マレーシアの活動家、マリナ・マハティールさんも肩を落としていたよ。政府からの予算が半減して、薬はおろか予防に必要な資金も足りないって。予防が不十分になれば、感染者も必要な薬代も増えるばかりなのに…。

とにかく国によって、エイズの感染情況はずいぶん違うようだね。今、感染率が急激に伸びているのは東欧で、特にロシアではエイズが爆発的に広がっている。一九九八年に約一万一千人だった感染者が、九九年には、十二万九千人と激増した。この間の伸び率は世界最悪と言われている。

麻薬中毒の蔓延が原因らしいが、それだけじゃない。売春による感染者も非常に多いらしいんだ。

何よりショッキングなのは、実態はこうした公式統計よりひどい、ということさ。全ロシア人口の一億五千万人のうち、公的にエイズ検査を受けたのは二千万人に過ぎないから、実際の感染者は公式統計の数倍はいると考えられる。その実数は二〇〇一年には百万人に達しているだろうと、全露エイズセンターのバデイム・ポクロフスキー所長は言っているくらいなんだ。

それから、広い国土で黒点のように大都市に集中的、爆発的に発生しているのがロシアの特徴で、モスクワや日露首脳会談の開催地、イルクーツクなど都市部で感染率が高い。モスクワ及びその近郊で二万人を超すほか、出稼ぎの多いイルクーツクは麻薬とエイズが同時に急展開してエイズの温床となったと、ポクロフスキー所長は語っていた。

感染者に取材すると、エイズに関して全く無知だったことがよくわかる。モスクワ郊外のエイズ隔離病棟に入院している十九歳の女性、オーリヤさんは、麻薬患者だった夫から感染した。エイズの怖さを知っていたら、こんなことにはならなかったと悔しがっていたよ。同病棟のポリスグルージブ院長の話では、感染者の九割以上が麻薬患者だそうだ。

こうした状況に対して政府はほとんど無策で、国民向けキャンペーンもゼロに近い。この国ではソ連時代に、麻薬が資本主義国特有の問題だと言って本格的な対策を怠った。それも感染の拡大を助けたんじゃないかな。このまま無策を続けたら、問題は抜き差しならなくなるだろう。そうなってから重い腰を上げても手遅れだと、国連エイズ計画のアルカジウス・マイシク、モスクワ事務所代表も警告していた」

## タイでも、あれよあれよという間に百万人を超える死者が

「アジアはどうですか?」

「アジアではマレーシアのほかに、タイ、ミャンマー、カンボジアなどで感染が広がっている。

タイでは一九八四年に初のエイズ患者が報告されてから、売春、麻薬中毒、注射針の使い回しなどでエイズ感染者が急増した。政府は九一年からコンドームの無料配布など予防キャンペーンを展開、その効果があって九三年を境に新たな感染者は減少し、一時は感染拡大を阻止した国として評価されていた。

しかし、事態はそんなに甘くなかった。九〇年に感染した人たちが発病期を迎えても、経済的な理由から治療薬を入手できる人が少ない。そのため先進国に比べて発病

から死亡までの期間が短く、毎年増加中の死亡患者数が、二〇〇一年には計三十万人にも達してしまったんだ。模範国が一転して、あれよあれよという間に百万人を超える死者を出してしまった。そこでタイ政府が考えた対策が、治療用のワクチンだったのさ」

「ワクチンの種類には弱毒性ワクチン、不活化ワクチン、DNAワクチンなどがあるけど、予防用でなく治療用のワクチンというのもあるんですかね」とマハラジ青年。

「そうらしい。タイ政府は対策として、予防用のワクチンと治療用のワクチンの併用を考えた。それで現在、九つのエイズワクチンの臨床試験を行っているらしい。そのうち八つは麻薬中毒患者のような感染リスクの高い非感染者を対象とした予防用のワクチンで、残りが治療用のワクチンだった。

治療用のワクチンはHIV感染者を対象にしたもので、不活化したウイルスを接種することで、感染者の免疫力を高めて病気の発症をできるだけ遅らせるのが狙いとされている。

この治療用のワクチンは開発した米国の製薬会社と、タイ赤十字、マヒドン大が三年前から共同で臨床試験を行っている。約三百人対象の小規模治験では、ワクチン接種者の免疫力の指標となるＣＤ４細胞が、非接種者より増加した…などの効果が確認された。ＣＤ４陽性細胞は減少すると免疫不全が進行して、やがて発症に至ると考えられている。そこでタイ政府のエイズワクチン治験委員会は、有望なワクチンとして二〇〇〇年に一万人を対象とした最終試験にゴーサインを出したんだ。

ところが同じ年の暮れ、米国医師会の雑誌に、米国がほぼ同様の治療用ワクチンを使って二千五百人を対象にした臨床試験を行ったところ、治験結果で有効性が確認されなかったとする論文が掲載された。これを受けて治験委員会は再度小規模の治験実施を訴える再考派と、タイ赤十字などの研究成果を尊重すべきだとする委員が激しく対立、十二人の委員のうち中止、再考を求める四人が辞任する騒ぎに発展した。その結果、治験の実施も遅れることになってしまったんだ。

タイ政府がワクチン開発に積極的なのは、いくつか理由がある。まず世界共通の敵、エイズを撲滅するための国際貢献といった大義名分がある。そしてもう一つ、経済危機に伴う財政難で、急増した患者に十分な治療を施せないという切羽詰まった国情もある。

治験委員会の話によると、製薬会社は一万人対象の治験に、三年間で約五千万ドルの支援を提供する意思を示している。これはタイ政府にとって、大きな助け舟なんだよ。五千万ドルあればタイ医療現場の設備拡充だけでなく、治療を受ける患者の心身両面を支援することもできるからね。タイの民間エイズ対策費に匹敵する金額だけに、治験が中止されれば損失は大きい。こちらこそ本音だと言う人は少なくないよ。

ところで、こういう苦境にあるタイのＨＩＶ感染者たちに、日本のＨＩＶ感染者も支援の手を差しのべている。日本のＨＩＶ感染者のための民間活動団体、レッド・ノットの協力で、二〇〇一年八月、タイ北部の古都チェンマイに〝テディベア・プロジェクト〟の第一号店がオープンした。

〝テディベア・プロジェクト〟とは、子どもたちに人気のあるクマの縫いぐるみ、テディベアの製造・販売を通じて、感染者の経済的自立を図ろうとするものなんだ。これまでは日本に販路を求めていたが、タイ国内の市場や観光客向けにも販売しようと、チェンマイに店を開いた。日本のエイズ予防財団などの支援もあってできたことだが、言わば国を超えた、感染者同士の協力事業だね。

レッド・ノットの代表を務める谷川徹さんは三十二歳の男性で、二〇〇〇年一月からHIV感染率の高いタイ北部のリヤオ県、チェンマイ県を訪れ、地元主婦ら六十人を対象に縫製の指導を始めていたらしい。主婦の多くは夫をエイズで亡くしたうえ、自らも感染している。職もなく、薬も購入できないという、深刻な状況に直面しているんだ。

店ではテディベアのほか、バッグやシャツも販売している。谷川さんの話では、品揃えはまだまだ。それでも、何とか軌道に乗せて感染者の自立を助け、生きる希望を持たせたいということだった」

## エイズ輸出国と言われるミャンマー、さらに貧しいカンボジア

「もちろん、タイだけじゃない。軍事政権が続くミャンマーも深刻だ。一九九一年に

ノーベル平和賞を授与され、ミャンマー民主化のシンボルと言われるアウンサンスーチー女史を自宅軟禁したことでも、このミャンマー政府は有名だね。この軍事政権がエイズに対してまったく無策で、ミャンマーが近隣諸国へエイズを拡散していると言われているくらいなんだ。

国連エイズ計画によると、九九年末のミャンマーでエイズ感染者は人口四千五百万のうち五十三万人。専門家は、実際にはもっと多いと見ている。何しろ国内に民族の数が百三十とも言われ、その少数民族が絡む紛争も多発している。それに、国の多くの部分が外国人には開放されていないこともあって、情報入手も困難を極めるからね。

この国の場合も、エイズ流行の原因は大規模なヘロインの生産と麻薬常用者の急増、拡大する売春産業にあるらしい。

実際ミャンマーは、ケシ栽培では有名だね。ミャンマーとタイとラオスの三国が国境を接する地帯は、黄金の三角地帯とも言われている。ここは世界最大のケシの栽培地であり、それを原料とした麻薬生産の国際的拠点として知られている。世界中のヘロインの六〇%から七〇%はここで生産されているという噂だよ。その主たる産地はミャンマー。ここから、タイや中国などを経由して世界中に密輸され、莫大な利益を生み出すことから〝黄金〟の名が冠せられたんだ。

もともとは、ミャンマーの少数民族が反政府闘争の資金として生産してきたらしいが。近年はミャンマーの軍事政権が外貨不足を補うために麻薬の生産、輸出に関与しているとも言われている。軍事政権の指導者の一人、国家法秩序回復評議会第一書記のキン・ニュン中将は麻薬と、そこから発生するエイズの危険性を軽視していたんだろう。前年のヤンゴンで開かれた会議で中将は、エイズの流行はないと語っていた。国内のエイズ感染者はわずか二万五千人、反体制派の捏造で国家は損害を受けていると表明していたよ」

「軍事政権らしい話だね」

「九二年の調べでは、この国の一人当たりの国民総生産GNPが八百六十三ドル。アジアの最貧国の一つだ。そのうえ軍事政権だから、保健や教育費の二倍を武器の購入に充てているらしい。参考までに世界一の大国と言われる米国の場合は、一人当たりのGNPが二万四千七百五十ドル。防衛費の予算は保健教育費の六分の一と言われる。

また、タイの活動団体『東南アジア情報ネットワーク』によると、ミャンマーでは男性による避妊具の着用率が二%足らず。ミャンマーからはヘロインだけでなく、不法労働者や売春婦まで越境するから、ミャンマーはエイズ輸出国と言われている。実際に、中国やインドではミャンマーと国境を接する地域が、エイズ感染率の最も高い地域になっているらしい。

しかも軍事政権だから西欧諸国からほとんど相手にされず、必要な援助も得られない。反体制派の指導者アウンサンスーチーさんは、経済制裁も海外からの投資も、どちらも行わないよう繰り返し求めているが、エイズ問題だけは別だと語っている。外国のNGOに、ミャンマーで活動してほしいと言っているんだ。

ところが、軍事政権を助けていると非難されることを怖れてか、これまでNGOはどこからも入って来ていない。これに対して国連エイズ計画は、政治面でなく、純粋に人道的見地から国際社会はミャンマーに目を向けてほしいと強調している。

その国連エイズ計画によると、二〇〇〇年にエイズで死亡したミャンマー人は四万八千人。そして四万三千人の子どもが孤児になったと推計している。つまりミャンマーの軍事政権は、国内にエイズの流行はないという虚構を維持し続けることで、銃による犠牲を上回る人々を見殺しにしようとしているんだ」

マハラジ青年はうつむいて、宇治の話を静かに聞いていた。

「次にカンボジアだが、君も知っていると思うけど、カンボジアでは一九七五年から七八年にかけて、ポル・ポト政権による百万人大虐殺があった。この虐殺で、医師、教師、技術者、官僚など多くの知識人が殺害され、都市住民は農村に移住させられて、強制労働を強いられた。殺害された国民は二百万人とも三百万人とも言われているが、一般に百万人が定説になっているようだ。

それから二十年以上経ったカンボジアに、今再び死の影が漂い始めている。二〇〇一年に入って政府は国防白書を発表し、その中で、新たな脅威はエイズ患者の増加だと内外に訴えているんだ。

国連エイズ計画によると、すでにその時点で感染者は国民の四％に達していたらしい。二〇〇一年のカンボジアの人口は約一千万人だから、四％といえば約四十万人ということになる。つまり、百人に四人がエイズに感染しているわけだね。

カンボジアでは識字率が三七％前後だから、エイズに対する知識自体がなかったのだろう。そこに貧困が追い討ちをかけた。九二年の調べで、ミャンマーの一人当たりのＧＮＰは八百六十三ドル。それに対してカンボジアのＧＮＰは推定二百ドルだったから、アジアの最貧国と言われたミャンマーより、さらに貧しいんだ。ちなみに、同じ年の調べで見ると、日本の一人当たりのＧＮＰは約三万ドルとなっている。

というわけで、日本では缶ジュース一本も買えないような値段で、カンボジアの女性はからだを売っている。二十九歳の女性、オム・ニャンさんは十六歳の時にカンボジアの農村から首都プノンペンの売春宿に売られてきて、二十二歳でエイズに感染した。それでも、働かなければ食べていけない。客に、私はエイズだからコンドームを着けてと言っても、誰もわかってくれないそうだ。欧米のＮＧＯスタッフの話によると、セックスワーカーと呼ばれる売春婦たちの部屋は、ベニヤ板で仕切られたわずか一畳程の広さ。多くは農村から売られてきた女性たちということだった。

政府はエイズの感染防止に最も有効とされるコンドームを非政府組織ＮＧＯに委託し、日本円に換算して、一個約十五円で提供している。それでも、多くの人にはそれを買う金すら、ないんだ。しかも、栄養状態のよくないこの国では、感染者は四年から七年で発症する。今年あたりから死者が急増するかも知れないと、現地で活動している国連エイズ計画の職員は話していたよ。

現在でも両親、あるいは片親をエイズで失った孤児は三十八万人と言われる。ある乳幼児センターでは、百三十一人の孤児のうち四十六人がエイズに感染している。現地のNGOスタッフによると、十分な食べ物と薬が買えない現状では、その子たちもほとんどは五歳まで生きられないそうだ」

## 安価なコピー薬をめぐる世界の攻防

「さて、話を会議に戻そう。会議では数々の批判も続出していた。中でも、治療薬に対する批判は多かった。ハートの登場まで治療を始めなかった私は幸運だという感染者もいれば、新薬が登場するたびに使ったため耐性ウイルスが出現し、ハートの恩恵を受けられなかったという感染者もいた。そういった人たちは、科学者は感染者をHIVと闘う盟友ではなく実験動物と考えていると、痛烈に批判していた。ただしその中には、三年前に肺炎で死の淵をさまよったのに、薬剤療法で元気になったと笑顔で語る人もいた。会議にはエイズ感染者も多数参加していたから、何と言っても彼らの話が多くの人の関心を引いていたね」

「……いろいろな話を聞かせてもらって、とても参考になったよ」

マハラジ青年はそう言って、それに対して感想を述べ始めた。

「エイズが蔓延するのは、それなりの理由があるんだね。エイズに対する無知、そして貧困、政府の無策。大体こうしたことが重なって、エイズは広がっていく。我が祖国である南アフリカ共和国にしても、それは同じだ。

何しろアパルトヘイトを超えてマンデラ大統領が誕生したのが、一九九四年五月。この年に、ようやく南アはまともな国になったばかりだった。国内問題の様々な事後処理のために、エイズまで手が回らなかった。これが無策の原因だね。

マンデラ大統領がコンドームの使用を訴えたのも、つい最近、一九九九年六月に、ムベキ第一副大統領が大統領に就任してからのことだ。そして本格的にエイズの啓発キャンペーンが展開されたのが昨年、つまり二〇〇〇年のことだから、効果が上がるとしてもこれからでしょう」

「そうだね」

「それに実際、エイズの進行を遅らせる治療薬は高価すぎる。大体、サハラ以南のアフリカ諸国では、総人口の七五％の人々が、一日一ドル以下で生き延びる貧困生活を余儀なくされている。南アも例外ではないから、治療薬の複製、つまりコピーを考えたんだろう。

コピー薬の問題は、今に始まったことじゃない。治療薬の特許保護を求める大手製薬会社や一部の先進国と、自国のエイズ患者のために複製薬の製造や輸入促進を図ろうとする発展途上国の対立は、以前から先鋭化しつつあったんだ。南アはその機運に乗じて、国家の非常事態とみなされる場合は、薬の特許保護を制限し、複製薬の輸入を可能にするという薬事法の改正を成立させた。

これに対して、米英の大手製薬会社など三十九社が特許権の侵害を理由に、南ア政府を相手に訴訟を起こしたわけさ。さらに米政府は一月、複製薬の製造を黙視するブラジルの所有権法が、世界貿易機関WTOの知的財産権に関する協定に違反するとして、WTOに提訴している。

英国の民間活動団体NGO『オクスファム』のマーゴ・スミス研究員によると、現在エイズの複製薬を製造しているのは、ブラジルとインドの製薬会社。南アフリカとタイの企業は今現在は製造していないが、製造能力は持っているという」

「ところで複製薬って、どれくらい安価になるんだい？」

「正式な特許治療薬の数十分の一と、圧倒的に安価な場合が多いですね。

それから、すごいニュースがあるんだよ。インドの製薬会社シプラは最近、英国の大手製薬会社などの複製薬を患者一人当たり年間三百五十ドルで、NGOの『国境なき医師団』に提供すると発表したんだ。同医師団は、これを無料で一部のアフリカ諸国に配布する計画だという。

シプラ社はこのほか希望する途上国に、一人当たり年間六百ドルでこの複製薬を輸出することも発表している。WTOによると、特許治療薬を先進国から購入する場合、年間一万ドルから一万五千ドルかかるという。それが六百ドルで済むというんだから、ありがたい話だ。

当然ながら、このシプラ社の発表は欧米などの大手製薬会社にパニックをもたらした。だからスミス研究員は、英米の大手製薬会社やその働きかけを受けた先進国が、今後も途上国を訴える例が続くだろうと予測しているんです。

大手製薬会社や一部先進国の政府は、新薬開発には巨額の研究開発費が投入されているし、コピー薬の安全性も確保されていないと主張する。またWTO協定の新薬には、二十年間の特許権が認められている。これに対して途上国やNGOは年間三百万人がエイズで死亡するなかで、被害国を崩壊から防ぐには不可欠として、人道的な見地から複製薬普及の必要性を訴えているんだ。

WTOや国連エイズ計画なども、原則として途上国における感染症対策には、安価な治療薬が不可欠との認識では一致している。特に特許治療薬が非常に高価な場合、例外措置として、大手製薬会社に対して、特許治療薬の価格を引き下げるよう働きかけてもいるんだ。とはいえ、特許権を重視する先進国への配慮もないがしろにできないわけだろう? 実際、難しい問題ですね。

途上国側は、六月から始まる国連エイズ特別総会で、この問題を集中的に取り上げると思うよ。きっと特許治療薬の引き下げはもちろん、世界的な複製薬の認可について、先進国側に新たな対応を迫るだろうね」

## アフリカが失った人命と時間はあまりに大きい…

翌日、宇治は再びマハラジ青年に、サハラ以南のアフリカ諸国について切り出した。

「サハラ以南のアフリカ諸国が、すべてエイズに対して無策だったわけではないようだね。なかにはセネガルやウガンダのように、早期にエイズ対策に取り組み、感染を押えることに成功した国もある。ウガンダは国を挙げてエイズ教育に力を入れ、コンドームを配布して感染者を支える体制を整えた。調査報告によるとその結果、九〇年代初めに一四%だった感染率は八%に下がったという。

もちろん、ほとんどのサハラ以南の国はエイズに手を焼いているし、一国の経済全体が揺るがされている。君に言うのも何だが、南アは二〇〇五年には六百万人が感染、二〇一〇年の国内総生産GDPは、現在より一七％減少するだろうと国連エイズ計画は予測している。

また、サハラ以南のアフリカで一人当たりのGNPの最も多いボツワナは、今後十年で、国家予算が二〇％減少すると予測されている。九三年、ボツワナの一人当たりのGNPは二千五百九十ドルだったが、九七年には三百十ドルに急落したんだ。まったく、エイズ恐るべしと言ったところだね」

マハラジ青年は表情を曇らせて、これに応じた。

「南ア政府に危機意識が芽生え始めたのは、二〇〇〇年ももう終わろうとする頃でした。ただ、これまで承認していなかったコピー薬以外の治療薬の輸入をようやく認可し、十二月には米国のファイザー製薬との間に、治療薬の無償供与を二年間にわたって受ける契約を結んでいる。マンデラ前大統領も国民にコンドームの使用を説くとともに、エイズについてもっとオープンに議論するように語りかけている。

もちろん、これくらいの対策で、感染の勢いがすぐ止まるわけではない…。国連エイズ計画のピオット代表も、アフリカの現況が改善に向かうまでには事態はまだまだ悪化するだろう、アフリカが失った人命と時間はあまりにも大きいと語っていたよ。

ところで、南アの頭脳流出については以前も話しましたね。僕の知り合いである二十七歳の歯科医、ヘレン・ブラントさんも今年六月二十日に、ロンドンに移住することになったんだ。いつか移住したいと考えていたヘレンさんを決断させたのは、次のような出来事が重なったらしい。

ある日ヘレンさんは車を運転して、市内の交差点で信号待ちをしていた。この時、黒人男性に窓ガラスを自動車のプラグでたたき割られ、携帯電話を奪われた。目撃者も大勢いたのに、みんな怖くて気付かないふりをしていた。殺されなくてよかったと、ヘレンさんは言っていた。また、それより少し前には、親しい患者の父親が強盗に射殺された。

こうした治安の悪化だけじゃない。四百七十万人と世界最多になったエイズ感染者の急増も決定的だったと、ヘレンさんは打ち明けてくれた。国民の九人に一人がエイズに感染しているなら、一日に十五人か二十人の患者を診察すると、患者の一人か二人は感染者ということになる。ヘレンさんは、将来どんな医療事故で自分が感染するかわからないと、不安になってしまったんだ」

南アで医療従事者が流出しているのは、多かれ少なかれ同じような理由だろうと、宇治は考えた。

## エイズの広がりを防ぐ治療薬の提供、そしてエイズ基金

二〇〇一年六月二十五日から開かれる国連エイズ特別総会に、二人はかなり期待をかけていた。

総会はエイズが人類史上、最も困難な病気であることを規定して行われるものだが、それは関係者なら周知の事実だろう。会議の開催に伴って、始まる前からすでにいろいろな動きが起こっていた。

宇治とマハラジ青年も、それらの動きについて、情報収集に奔走していた。そして、会議が始まる前に二人は、こんな情報交換を重ねていた。

「君も知ってると思うけど、米国の大手製薬会社ファイザーのヘンリー・マッキントル最高経営責任者が、六月六日にニューヨークの国連本部で記者会見したよ。エイズの広がりが深刻な南部アフリカ五カ国に関連治療薬を無期限に無償供与し、将来は対象国を計五十カ国に拡大する計画だと発表したんだ。これは快挙だね」

「まさにグッドニュースだね」

「二十五日から始まる国連エイズ特別総会を前に、アナン国連事務総長がエイズ対策への協力を各国政府や医薬品メーカー、民間活動家団体NGOなどに呼びかけたんだ。今回の決定はこれに応じたもので、同社はすでにエイズ患者十人に一人が感染するとされている髄膜炎の治療薬を、南アフリカで無償提供している。さらに現在、ボツワナ、レソト、ナミビアなど、南部アフリカ五カ国への支援拡大の準備を進めているらしい」

「ほかの製薬会社も見習ってくれるといいんだけど…」

「大手製薬会社と言えども、利益が上がらなければ倒産してしまうから、どうだろうね。他の薬で利益を上げるといっても、兼ね合いが難しいだろうし。倒産しては元も子もないからね」

「それはそうだね。大手製薬会社が束になっても、世界に三千六百十万人というエイズ患者に治療薬を提供することは難しい。まして無償では、南アの四百七十万人でも不可能だろう。コピー薬なら何とかなりそうな気がするけど、それでも難しいんだろうね」

「治療薬と言っても、基本的にはエイズの進行を遅らせるのが当面の目的。でもエイズ患者は、その間に完治することを願っているんだと思う。結局のところ、究極の目的はエイズの撲滅なんだよね」

患者でなくても、誰もが同じことを思うだろう。しかし、それがそう簡単にいかないということは、医療に関して素人の宇治にもわかる。

「アナン国連事務総長がエイズ基金に熱心なのは、君も知ってるよね?」

そこで宇治は、話題を変えた。

「アナン事務総長が基金設立構想を打ち出したのは、今年の五月頃だった。これは特別総会を視野に入れたもので、現在展開中の、世界的なエイズ撲滅運動の中核となるものと考えられている。基金は、各国から資金提供してもらう必要があるから、まず米国から二億ドルの拠出を取り付けたんだ。もちろん、その他の主要国、民間企業、NGOなどからも支援を受けなければならない。

もっともエイズ基金の構想は、アナン事務総長の専売特許じゃない。すでに二〇〇〇年九月の国連ミレニアム・サミットで採択された宣言に、記載されていたからね。それによると、エイズ基金は二〇一五年までにエイズウイルスの拡散することを食い止めることが目的で、世界銀行が管理する。使途としては①感染予防、②女子感染防止、③安価な治療薬の提供、④治療薬の研究開発の促進、⑤エイズで親を失った孤児のケアという、五分野が挙げられていた。

アナン総長は、国連がエイズ対策に支出している年間十億ドルに、七十億ドルから百億ドルの追加金が必要だと考えていた。そこで米国以外にも、この構想を売り歩く積極外交を展開することになった。

五月十四日にはブリュッセルで欧州連合EU議長のペーション・スウェーデン首相に拠出を訴えたほか、十五日にはモスクワでプーチン露大統領とも会談し、協力を求めた。日本政府にも打診中だ。基金設立はまだ正式に決まったわけではなく、六月の国連総会で正式に決定されることになっている。ただ、それに先立つアナン総長のイニシアチブには、各国とも好意的な反応を示しているらしいよ」

## 国連エイズ特別総会の功績と今後の課題

「再三言っているように、世界のＨＩＶ患者はわかっているだけでも約四千万人。昨年のエイズによる死亡者は三百万人に達するというから、悠長なことは言っていられないね」

「資金が集まるといいんだが…」

「本当だよ。多ければ多いほどいい。アナン総長の手腕にかかっているということでもないが、ここは一つ踏ん張ってもらいたいね」

そのアナン総長の踏ん張りがあったのか、六月に入ると、また一つエイズ基金に関する動きがあった。

「世界保健機関WHOのデビッド・ナバロ官房長が六月五日、ジュネーブで記者会見を開いた。六月に入って国際エイズ基金に関するWHO関係の国際会議が開かれて、次のことが合意されたそうだ。

① 今年七月のジェノバ・サミットで同基金の設立を正式に宣言。組織の概要について内容を固める。

② 今年の九月か十月、正式に設立する。

③ 今年の十二月までに実務を開始する。同会議はWHOやジェノバ議長国のイタリア政府などが共催し、国際機関や関係国政府、民間活動団体NGO代表ら約二百人が参加する。

基金については米国が二億ドル、フランスが一億五千ドルの拠出を約束しているほか、ジェノバ・サミットやその他の国際会議の席で、米仏以外の諸国からも拠出表明の感触を得た、とナバロ官房長は述べている。

この会議は言わば国連エイズ特別総会の前哨戦のようなもので、このあといくつかの準備会を経て、まず特別総会が始まることになっているんだ」

宇治の関心は、早くも国連エイズ特別総会に移っていた。それほど、宇治の特別総会に対する期待は大きかったのだ。

その国連エイズ特別総会が、いよいよ六月二十五日に始まった。二十七日までニューヨークの国連本部で開催され、総会には首脳陣二十四人を含む、世界百八十九カ国の政府代表やNGOが参加する。各国から大勢の記者たちも詰めかけるという。

会場の様子を思い浮かべて、マハラジ青年は言った。

「さぞ盛大だろうね」

「そりゃ、盛大だよ。何しろ世界百九十四カ国のうち、百八十九カ国が参加するんだから。世界中のほとんどの国が参加している、と言ってもいいだろう」

「それだけ関心が高いというわけだ」

「うん。ただし、参加者が多いと、それだけまとめるのも大変なんだよ。なかでもいちばん問題になったのは、同性愛者と売春婦の問題だ。今年二月から断続的に行われていた準備会では、エイズに感染しやすいとされる同性愛者や売春婦に関する文言を、宣言案に盛るかどうかをめぐって、さっそく大騒ぎになった。

宗教上の理由で断固反対するエジプト、マレーシア、リビアなどイスラム諸国と、宣言案に盛ることに積極的な欧州連合EU、南米諸国の対立が表面化したんだ。中立的な日本や南アが調停を進めているが、協議紛糾のまま二十五日は終了した。エイズのような病気に、こうした微妙な問題が絡むのはやむを得ないんだが。総会ではエイズ対策の国際化を進めるに当たって、社会的、文化的価値観の違いをどう克服するかが焦点になるだろうね。

宣言案も、まだ全体的に固まったわけじゃないんだ。簡単に言えば、アフリカのサハラ砂漠以南のような深刻なエイズの広がりを阻止するための行動目標、その対策や資金援助の窓口となる世界エイズ基金の創設を決める、と言った内容が入るんじゃないかな」

「それにしても全世界にイスラム教国は五十カ国ほどあって、イスラム教徒が八億四千万人と言われるので、その人たちと妥協するのは大変だね」
「イスラム教徒は、その他の国にも大勢いるしね。でも、異なる立場や意見をまとめるのが会議なんだから…」

とは言うものの宇治も、マハラジ青年と同じ懸念はあった。その懸念通り、二十六日も総会は同じ問題で終日紛糾してしまった。
「最終日の二十七日に採択予定の、エイズ問題への取り組みに関する宣言案の中の同性愛や売春に関する記述をめぐって、また紛糾したよ。前日と同じ紛糾ぶりに、一部外交団からは採択を危ぶむ声も出始めたほどだ。また、同性愛者団体の討議参加を認めるか否かで、イスラム諸国と欧米諸国が対立。文明の衝突が総会を揺さぶっている、と新聞は書き立てている。

そこで、表現を〝他の男性と性行為を行う男性〟〝複数の相手と性行為を行う者〟などの健康にも留意する、と言い替える案も出た。それでも、エジプトやリビアなどは猛反発。性について比較的寛容なノルウェーやスウェーデンをはじめとするEU諸国も、現に存在するものを否定すべきではないと、真っ向から反論したんだ。結局、刺激的な表現を取り除いた調停案が示されたが、強硬派のイスラム諸国は依然、難色を示している。交渉はいったん打ち切られた格好だ。

また、米国NGOの国際ゲイ・レズビアン人権委員会は総会参加を認められながら、イスラム諸国十一カ国の反対で、エイズと人権をテーマとする分科会の討論への参加を拒否された。これに対して、この団体を後押しするカナダが、出席を認める決議案を提出。この案はその日の午後に採決が行われ、賛成六十二、反対ゼロ、棄権三十で結局は採択された。全会一致を目指している特別総会で、分科会と言えども全会一致でないという事実は、総会の行方に不安を残すことになったね」

「ゲイであれレズビアンであれ、それらの団体の意見を聞くこと自体は何ら差し障りのないことじゃないか。参加を拒否する必要はないだろう?」

「その通りだよ。まず相手の主張を聞いて、その内容について判断すればいいんだ。体質的に許せないのかも知れないけどね。それでも、イスラム国も大分折れてきている。そのうちきっと、妥協するようになるよ」

「そうなるといいけど。とにかくエイズを根絶するには、そう言った差別的な感情を超える必要があるんだから」

こうして、いろいろ問題を抱えながらも国連エイズ特別総会は、二十七日夜、世界エイズ保健基金の設立などをうたった宣言を全会一致で採択して、閉幕した。今後は七月にイタリアのジェノバで開催される主要国首脳会議、いわゆるサミットで基金をどう具体化していくか、討議することになっている。

「宣言では、世界の危機に、世界規模の行動で対処することが規定されていた。深刻化するエイズ問題に、緊急の取り組みが必要だという認識を強調してあるんだ。そこには、各国政府または国際地域機関が達成すべき目標を分野別に掲げている。ほら、この部分だよ」

と言って宇治は、マハラジ青年に資料を見せた。そこには次のように書かれている。

① 政府の指導……エイズ対策には政府の指導力が不可欠。二〇〇三年までにエイズと闘うための国家戦略と、それに必要な財政を備えて実行する。

②予防……十五歳から二十四歳の男女の感染を二五％減らす。さらにその年限を同じ二〇〇三年までに定める。二〇一〇年までに若年層の九五％がエイズ教育を受けられるようにする。同年までに母子感染を半減させる。

③ケア治療……二〇〇三年までに保健制度を強化。抗エイズ薬の支給や価格に配慮し、誰もが最高水準の治療を受けられるようにする。

④人権……二〇〇三年までに感染者、エイズ患者に対する差別を撤廃し、人権擁護のための法規制を強化する。

⑤孤児……二〇〇五年までに感染孤児らを支援する政策を立案、実行する。

⑥開発研究……エイズワクチンの開発・研究を促進し、投資を増やす。関連技術移転のため、南北協力関係を強化する。

⑦財源……二〇〇五年までにエイズ対策への年間支出を総数七十億から百億ドルにする。世界エイズ保健基金を創設し、基金への資金拠出を各国、製薬会社を含む財界などに呼びかける。

「どうだい？　国連エイズ特別総会は全会一致で閉幕したが、世界的なエイズ対策は始まったばかりだということが、この文面からうかがえるだろう？　アナン国連事務総長が記者会見で述べたように、総会は国際社会がエイズという死の病を打ち破るための青写真に過ぎないんだ。あの総会で激しい討論の末、エイズ撲滅へ向けて国際社会の処方せんが示された。特に先進国は七月のジェノバサミット以降、どうリーダーシップを発揮していくか問われることになるだろうね。

とは言え、特別総会は深刻化するエイズ禍を、国際社会が手を取り合って対応すべき緊急課題だという認識を定着させた。その功績は大きいんじゃないかな。さらに、基金創設への支持を明確にしたことも意義深い。それによって、開発途上国に高すぎる治療薬の価格を引き下げる流れを作ったんだから」

国連エイズ計画のピーター・ピオット事務局長は、十五歳以下の少年少女の感染者が全世界で二百七十万人にも達し、さらに毎日八千五百人の割合で若者や子どもの感染が増え続けていることを指摘している。彼は、このような若年層の感染防止、エイズ教育重視を宣言でうたったことが評価できると語っていた。

「と言っても、すべてはエイズ撲滅への第一歩に過ぎない。世界エイズ保健基金にしても、米英日などの先進国やマイクロソフト社のビル・ゲイツ会長らが主催する財団、それにウガンダなどのアフリカ諸国までが相次いで具体的な拠出額を示したものの、合計で十億ドルにも満たない。国連が試算した、年間七十億ドルから百億ドルという基金の規模にはほど遠いからね」

宇治は現実の厳しさを指摘して、話を締めくくった。

それでも、会議の成果は比較的早く現れた。

ひとつは、米政府がエイズのコピー薬についての提訴を、人道的配慮から取り下げたのだ。エイズ治療薬の複製を黙認したブラジルの特許法についてWTOに提訴していた米政府は、会議中の二十六日にこの訴えを取り下げていた。

ブラジル政府は、先進国の特許制度が発展途上国で安価なエイズ薬の普及を困難にしていると、かねてから主張していた。貧しい人でもエイズの治療薬を入手できるようにすべきだという国際世論の高まりに、米国は譲歩を余儀なくされたと言えるだろう。ブッシュ政権は同じ日に、「エイズという病気と、それが患者や家族に及ぼす影響について真剣に考えている」と声明を発表。取り下げは人道的配慮によるものだと強調した。

ここへ来て、エイズの治療薬を発展途上国の貧しい人が安く入手できるようにすべきだとする、国際世論の圧力が強まっていたのも事実だ。そのため特許権を正式に取得せず、治療薬を複製したいわゆるコピー薬を敵視していた先進国や大手製薬会社も、これを黙認する方向に動いていた。

WTO（世界貿易機関）でも、新薬の特許権を保護する知的財産権に関する協定の見直しが始まっている。それらの動きも、特別総会の副産物とも言えるかも知れない。

また、米政府が訴えを取り下げたように、先進国側の譲歩の姿勢は顕著になってきている。WHOとWTOが四月に共催した、いかに高価なエイズ治療薬を確保するかをテーマにした会議には、インドなどの複製薬製造会社の代表も出席した。またWTOでは六月二十日、新薬に原則二十年間の特許権を認めている知的財産権に関する協定について、エイズなどの生死にかかわる病気の治療薬の場合、どこまで例外を認めるべきか、協議を始めた。

何しろ、複製薬の価格は正式な治療薬の数十分の一にすぎない。またエイズがこのまま発展途上国の経済発展を阻害していけば、ひいては国際経済に悪影響を及ぼすという認識が先進諸国間に浸透してきたことも、背景として挙げられるだろう。

「ところで、感染者やその他エイズ関係者の、会議への反響はどうだったんだい？」

「うん。会議に出席した約五百団体に上るＮＧＯのメンバー、あるいは政府代表団の一員として参加したＨＩＶ感染者やエイズ患者は、会議の成否をどう見ているのか、その二、三を挙げてみると、

例えば、西アフリカのセネガル政府代表団の一人として参加した『エイズとともに生きる人々のネットワーク』というＮＧＯの議長である二十九歳の男性は、予防・治療資金が確保できたから成功だったと、総会の成果を高く評価しているね。セネガルには一万人近い患者がいるが、今後二十年間、治療に必要な資金が不足している地域が多い。だから、とにかく資金の確保を求めているんだろう。

いっぽう、一九八四年にＨＩＶに感染したことが判明し、以来米国のＮＧＯ『アク

ト・アップ』で活躍してきた四十七歳のエリック・ソーヤさんは、総会の成果に懐疑的だ。理由は、総会が具体的な行動計画を打ち出せなかったからだそうだ。基金の額についても、米国がコソボ派兵に十日で十億ドル近く使ったことを考えると、少なすぎると訴えている。

エイズと日々闘っている関係者の間では、賛否両論が渦巻いているようだよ。そんな中で、ウガンダのNGO代表、三十一歳のミリー・カタナさんは、宣言文を巡る議論は不毛だったが、前向きなエネルギーが感じられて希望を持てると総括していたね」

## 感染性因子活性化の研究と中国のエイズ

会議のあと、マハラジ青年はその後のエイズ対策がどうなっているか視察も兼ねて、母国、南アに一時帰国していた。

日本へ帰ってきた夜に、宇治はさっそく、マハラジ青年に尋ねた。

「で、どうだったんだい？」

「正直な話、南アフリカ共和国のエイズ対策にはあまり進展が見られなかった…。残念だけど、仕方がないね」

　マハラジ青年は表情も変えずに、淡々とした調子で言ったあと、話を続ける。

「国連エイズ特別総会の対象は、世界中のすべてのエイズ感染者に向けられたものなんだろうけど。最も国際援助を必要としているのは、サハラ以南のアフリカ諸国なんじゃないかな。中でも世界最多のエイズ感染者を抱える南アは、その中心だと思うよ。

　南ア九つの州の中で、最も感染率の高いのが南東部にあるクワズールー・ナタール州なんだけど。州都ダーバンの郊外にあるサンタ結核病院では、患者の過半数がエイズ患者なんだ。エイズ治療薬が高価だから、結核治療だけを受けて死亡する患者が多いらしい。

　また性産業に従事する女性の約六割がエイズ感染者で、ダーバンで働く二十歳の売春婦は、陽性なら死刑宣告と同じだから、怖くて検査を受けられないと話していた。同州政府の保健局長は、国際社会はエイズ撲滅に全力を尽くして欲しいと言っていたけど、話は逆だと思う。南アがまず、撲滅対策を始めないと。

ただ、変化の兆しもあった。ヨハネスブルクの電話相談室『エイズ・ヘルプライン』には最近、一日平均二万五千件と、前年比で何倍もの相談が寄せられるようになったらしい。南アでは、黒人の間で複数の異性との性交渉が慣例化していたから、エイズ対策の啓発活動そのものが半ばタブー視されていた。それを思えば進歩と言えるかも知れないよ。

エイズ予防の民間団体『ラブ・ライフ』のデビッド・ハリソン代表は、エイズがタブー視されたことと、誤解や偏見がその拡大に拍車をかけてきたと語っている。オープンに語り合うことが最初の感染防止策だから、国連エイズ特別総会がその機会となれば…と話していたよ」

「そうか…」

「とは言え、南アのエイズ対策は相も変わらず、前途遼遠といったところだ」

「だからこそ、君の出番じゃないか。君にはこれから、うんと頑張ってもらわないと」

宇治はそこでちょっと間を置いて、マハラジ青年に尋ねた。

「最近、治療薬に関係がありそうな新技術が開発されたそうだね」

「うん、不活性化技術だろう？」

「君は医者の卵だから、聞くんだが。その不活性化技術というのは、どういうものなんだい？」

「一口に言えば、輸血に関する技術なんだ。献血で採取した輸血用血液に含まれるウイルスや細菌を不活性化する技術で、近く欧米で実用化されるらしい。日本でも、厚生労働省と日本赤十字社が国内での導入の検討を始めていると聞いたよ。

汚染された血液を除外する現在の検査法では、ウイルスなどの見逃しを完全に防げない。この技術は病原体の感染力をなくす画期的な方法だから、感染防止に役立つと期待されているんだ。

正式の名称は感染性因子不活化、と呼ばれている。詳しいことはわからないけれど、複数の方法で開発されているところらしい。米国のシーラス社とバクスター社が共同開発した方法では、献血で集めた血液の血漿と血小板成分に、ソラレ誘導体という分子物質を加える。そしてそこに波長の長い紫外線を当てると、分子物質がウイルスや細菌の中に入り込み、二重らせん状になっている遺伝子に橋をかけるように縛りつける。そのため遺伝子は複製できなくなり、感染力を失うんだ。欧米ではすでに、効果や安全性を調べる臨床試験が終了している。EUでは今秋、米国でも来年二〇〇二年には承認する見込みらしい」

「日本は？」

「日本でもエイズの治療法についてはいろいろと考えているようだよ。東日本のある病院では一昨年、輸血用血液に混入したエイズウイルスを検出できず、二人の患者に感染したという事件があった。もちろん宇治さんは知っているだろうが、これをきっかけに、日赤でも輸血用血液中に含まれているウイルスを検出する方法を考えたんだ。これは血液中のウイルスの遺伝子を百倍以上に増やす方法で、この検査を導入すると、ごく微量のエイズウイルスやB型肝炎、C型肝炎ウイルスも検出できる。ただし、この方法でもやはり、感染から抗体ができるまで十日から一カ月程度の空白期間、つまりウインドー・ピリオドがあり、検査をすり抜ける可能性がある。さらにこの検査では、エイズなど三種類以外の未知のウイルスや細菌までは、防御効果が期待できないそうだ。

これに対して、シーラス社の感染性因子不活化技術なら、すべてのウイルスや細菌の感染力を断ち、ウインドー・ピリオドの問題も解決できるとしている。この不活化の技術は全世界で三グループが開発中らしい。

日本の厚生労働省・血液対策課は安全性の確認が必要だが、基本的にこの技術を推進すべきだと考えているらしい。日赤血液事業部も検討チームを設置、海外に研究員を派遣するなど情報収集に努めている。国立感染症研究所の小室安全性研究部長は、世界的に不活化技術に移行しつつある今、日本も安全対策に遅れを取らないようにしなければと語っている。

だから結局、日本も不活化技術を取り入れることになるんじゃないかな。私も、これを帰国後の大事なテーマの一つと考えているんだ」

「その不活化の技術が話通りなら、輸血は安全になるね。現在のところは、いまだに献血の血液でエイズウイルスに感染したという話をよく聞かされるから。

献血ではないが、中国ではこんなことも起こっているらしい。二〇〇一年六月八日付の中国共産党機関誌人民日報などによると、中国河南省《ホーナンシン》で長年にわたって血液のヤミ売買が繰り返され、多くの住民がエイズウイルスに感染したと書かれている。

中国政府は売買組織の壊滅など、緊急対策に乗り出したが、一九九九年に東河南省上蔡県の村で村民のうち百五十五人を対象にエイズ検査をしたところ、六一％の九十五人が陽性反応だったという。そしてその年に四十二人、翌年には四十四人が死亡したんだ。

過度の採血による健康悪化に加え、共有の注射針が感染拡大の原因と考えられている。その農村の住民は一九八〇年代以降、貧しさから逃れ、簡単に現金を得る方法として売血にのめり込んでいたんだ。毎日毎日、五百人近くが採血センターを訪れていたらしい。近隣地域からも、集団で出張してきて売血していたというから、悲しい話だよ。

九〇年代には地元衛生当局と結託した〝血頭〟と呼ばれるブローカーも暗躍していたとある。大量の血液を採取して、高値で転売し暴利をむさぼっていたらしい」

「中国のＨＩＶ感染者数は？」

「推定で六十万人と言われている。売血だけでなく、麻薬使用や売春も原因として指摘されているね。

話は替わるが、輸血によるウイルス感染にはＨＩＶ感染だけでなく、Ｃ型肝炎のウイルス感染も最近は問題になっているんだ。米国ではＣ型肝炎のウイルス感染者が四百万人にも達し、ＨＩＶ感染者の四倍にも上ると言われている。

だから、さっき話した不活化技術が本当に有効で、そして各国で使用されれば、献血した輸血による被害はずっと少なくなるというわけだ。しかも、この不活化技術を人体内の血液に応用できれば、エイズを撲滅する可能性すらあるんだ」

「問題は副作用だね。それに、この不活化したウイルスが、永久に活性化しないといいんです…」

## エイズ対策には政府の指導が不可欠

「ところで、我々は治療薬の開発について何気なく話しているけど、当然ながら開発には膨大な資金が必要だ。国連エイズ特別総会は、世界エイズ保健基金を創設、さらにこれを七月に行われるジェノバ・サミットに提案することになった。金持ち国の集まりであるサミットから資金を出してもらう必要があるからだ」

こう話していたジェノバ・サミットが、七月二十日から始まった。宇治はこの時、ジャーナリストとして現地へ飛び、取材した。

サミットでは、総会で創設された世界エイズ保健基金をそのまま採用することになったが、エイズのほか結核、マラリアの三大感染症を対象とすることになった。さらに調整の結果、基金の組織は、世界銀行や国連から職員が派遣されることになった。

「しかし両機関の下部組織ではなく、独立機関となった。基金の性格については、エイズ治療に当たっているNGOの意見を反映して、治療に重点を置くべきだとするEUと、予防に重点を置くべきだとする日本や米国とが対立した。日本は予防のほうがエイズの広がりを抑えることができる上、限られた基金で効果的な対策が打てると考えているようだが。君は治療と予防、どちらに重点を置いたほうがよいと思う?」
「そうだね。どちらも重要だが、どっちかと言えばこれ以上患者を出さないために、予防に重点を置いたほうがよいと思う。その結果によっては、治療に専念できるようにもなるだろうし」
「僕も予防に重点を置いたほうがいいと思うが、現在世界には三千万人以上のエイズ患者がいる。その人たちの治療も、また重要な任務だよね。サミットでは、治療と看護につながるものとして予防に重点を置くことになり、結局、予防に重点を置くエイズ対策を取る方向で決着したんだ」

このジェノバ・サミットは、宇治がかつて経験したことがないほど荒れた。デモ隊が暴徒と化して、二百人以上の死傷者を出したのだ。

ジェノバの港にある旧木綿倉庫に設けられたプレスセンターでは、各国記者はサミットの動静を伝える専用テレビには見向きもせず、デモを中継する民放テレビに見入っていた。宇治の隣にいた記者が、これはG9だとつぶやいていた。彼によれば、九人目の首脳は各国からやって来て反サミットを叫び、抗議デモを行った市民グループということだった。

催涙ガスが充満する街を、宇治は歩いた。

市民のうち暴徒と化したのは、約二千人前後だと言われている。アナーキスト、極左分子、過激化した環境保護者、騒動好きの若者、といったところだろうか。彼らに共通項があるとすれば、それは〝反グローバル化〟ということらしい。G8に代表されるような金持ち国が世界を動かしていることへの反発もあっただろう。

イタリアの極右組織のポスターには〝民族の特性を無視し、何を食べ、何を考えたらよいか、金持ち連中が勝手に決めようとしている〟と書かれていた。宇治は「たった八人で世界の動向を決めるな」と叫んでいる人たちも見た。〝先進国による途上国搾取〟などと書いたプラカードを振って歩いている市民も見た。

参加首脳はそうした動向を察して、デモの死者に対する追悼声明で「我々は民主的に選ばれた指導者だ」と表明した。

サミット終了後の記者会見で、ベルルスコーニ伊首相はデモ隊の暴徒化を許した警備体制の責任を問われ、「すべては前政権が決めたこと」と語った。これはベルルスコーニ首相が、六月に首相就任したばかりだったからだろう。

このように荒れたジェノバ・サミットだったが、ともあれ無事に終了して、G8宣言がなされた。


「ところで、グローバル化って、どういうことなのかな?」

「うん。簡単に言うと、九〇年代に冷戦が終わって、東西の垣根が取り払われただろう? このとき、かつての社会主義国も、ほとんどが社会主義経済から市場経済に移行した。そのため市場経済は世界的に拡大し、生産の国際化が進み、資本、人、資源、技術など、あらゆる生産要素が国境を越えて移動したんだ。こうして経済は解放され、各国の貿易も大きく伸び、同時に世界的な統合化が進んだ。これが、グローバリゼーションと呼ばれていることなんだ。

一九九六年に行われたリヨン・サミットではこれを受けて、グローバル・パートナーシップが唱えられた。そしてそれを開発戦略として途上国、先進国を問わず多国間の開発機関が協調して、民主主義化、民活化、自由経済化が進められた。つまりほとんどの国が民主化され、市場経済に移行することになったんだ。

ところが、グローバル化に反対する人々は、このようなグローバル化によって潤うのは大企業、大国など、富めるものだけだと主張している。富める国はますます富み、貧しい国はますます貧しくなる。グローバル化によって、世界の貧富の差が広がっていくことを問題視しているんだね。

いっぽう、このような主張に反対する人たちは、中国や東アジアの主要国の一部が西欧諸国より高いＧＤＰ（国内総生産）を達成できたのは、世界経済との関係性があったからだと反論している。つまり北朝鮮やミャンマー、アフガニスタンが貧しいのはグローバル化のせいではなく、世界のグローバル化から隔離されているせいだというわけだ。アフリカに依然として貧しい、もしくは以前より貧しい国が多いのも同じ理由、つまりグローバル化が素通りしているからだと主張している。

東西冷戦の間、アフリカは二つの超大国が代理戦争を行う場だった。そして冷戦が終わった時、先進諸国はアフリカに対する興味を失い、アフリカ諸国はグローバル化から取り残された。だから彼らに言わせれば反グローバル化は間違いで、孤立こそ、貧困の原因だというわけさ」

グローバル化、もしくは反グローバル化の動きについて、マハラジ青年にはあまりピンと来ないようだった。それどころか、エイズ資金に関係するサミットについてもよく知らないようなので、宇治は簡単に説明することにした。

「サミットは、エイズ資金に関して言えば、俗にいうパトロンと考えてもいい。もともとサミット＝主要先進国首脳会議は、当時のフランス大統領、ジスカール・デスタンの呼びかけで始まったものだ。第一回会議は、一九七五年十一月、パリ郊外ランブイエ城で開かれた。

この会議は、一九七三年の第一次石油危機の後、世界的な不況、為替変動相場制への移行の不安感が背景にあった。こうした様々な問題について、主要先進国が強調して対応するための会議だったんだ。第一回の参加国は米国、英国、フランス、西ドイツ、イタリア、日本の六カ国。第二回からカナダを加えて七カ国となり、G7、主要先進国首脳会議、サミットなどと呼ばれるようになった。

G7は（group of seven）の略、サミットは（Summit conference）からきている。G7は持ち回り会議で、第三回からは別格扱いで、後のEU委員会委員長も参加するようになった。

九七年以降は、ロシアも参加するようになり、G8となった。この頃からグローバル問題が取り上げられ、人間社会が直面する、あらゆる重要問題が対象となっている。サミットも初めは経済問題に限っていたが、あらゆる重要問題が対象となると、国内問題を越えてすべてが国際化してきた。それがグローバル化という言葉のきっかけにもなったと思う。

ちょっとややこしいが、サミットとは別に、もう一つのG7（Conference of Minister and Governors of the Seven Countries）もある。こちらは七カ国蔵相会議と言われるもので、日本では蔵相が〝財務相〟と改名されたので、財務相会議とも呼ばれている。

このG7のほうは七カ国の蔵相と中央銀行総裁が国際金融、通貨問題について協議する場だ。G7はG7サミットと同じような経過を経て、同じ七カ国から構成されている。G7サミットがグローバルなあらゆる問題をリードするための首脳会議なら、G7は金融問題をリードするための蔵相会議と言えるだろう」

「それなら、サミットでも当然、エイズ問題は取り上げられているんだね？」

マハラジ青年にとっては、反グローバル化問題より何より、やはりエイズ問題が気になるようだ。

「前回の沖縄サミットでも今回のジェノバ・サミットでも、エイズ問題は主要課題の一つとして取り上げられているよ。でも、具体的な解決策を出すわけじゃないんだ。

前回より一歩進んだのは、マラリアと結核を加えて、世界エイズ保健基金の設立が決まったことかな。ただ、基金の設立が決まったと言っても、直ちに資金が集まるわけじゃないからね。まず官民のパートナーシップによって十三億ドルが約束され、そのほかに五億ドルの約束を歓迎するということになっているが、現実に基金が集まったわけじゃない。

そこでアナン国連事務総長はG8に基金への拠出を要請し、これに応じて日米英が各二億ドルずつ拠出することになった。このほか、フランスが一億五千万ドル、そのほかG8ではないがナイジェリアやウガンダなどの途上国や民間の拠出分を加えると、基金の総額は十億ドル前後になりそうだが。それではアナン事務総長が希望する百億ドルにはほど遠い。せめて七十億ドルから八十億ドルぐらいにしたいところだね。

しかし、いま世界は不況のどん底にある。その中でドイツやロシアなど、残りのG8がどのぐらい拠出できるか、注目の的になっているんだ。日本にしても二億ドルを今日、明日ぽんと出せるわけではない。日本はこの二億ドルを政府開発援助ODAから出すことになっているが、塩川財務相は国会で、二〇〇二年度のODAは前年比一〇％程度の削減と答弁している。基金への捻出には苦労することになるかも知れないね。いろいろしがらみがあって、今年のODAでは、そう簡単にいかないかも知れない」

「そうでしょうね。とにかく、エイズは治療にしても予防にしても、資金がなくては手も足も出ないから、厳しい話だね。先進諸国はとにかく、途上国は自前でやる余裕もないし…」

「本当に、先立つものは金なんだよね。そんなことを考えると、四百七十万人もの感染者を抱える南アは、本当に大変だよ。

ところで、この基金なんだが、まだどこに設置するか決まっていないらしい。ワシントンやパリ、それにジュネーブが候補に上がっているが、国連は国連で、その下部機構に置くことを求めている。そのほか意思決定機関に加わるメンバーの選定についても、いろいろな意見がある。

一億ドルを出すことになっている米マイクロソフト社のビル・ゲイツ氏や、大手製薬会社の経営者を加えるかどうかも、議論の分かれるところだ。それに、英国や米国が基金構想を支持したのは、自国にエイズ薬を製造する大手製薬会社があり、基金によるエイズ薬購入が見込まれるからだという指摘がある。まあ、それはそれとして、南ア政府としては早く資金が欲しいと言うだろうね」

「そうなんですよ。南アはアパルトヘイトが撤廃されたので政府そのものは安定しているものの、治安がよくないし、経済運営のほうも前途多難だから。エイズになかなか手が回らないというのが現状だしね」

「ノドから手が出るほど欲しいというのは、このことだね」

「僕もこちらにお世話になっているうちに資金の目処がつくかもしれないと期待していたんだけど、どうもそうはいかないらしい」

マハラジ青年は、そろそろ帰国のことを考えていた。日本にきてもう半年以上になる。その間エイズに関して、南アにいたら不可能だったレベルまで、いろいろと学んだ。いよいよ、それを帰国して生かさなければならない時が来た。宇治にそんな話をしたのは、八月の終わり頃だった。

「いよいよ君も帰国するか。名残惜しいが、仕方ないね。母国が重大な時期にあるんだから。君のことだから、もうこれからのことをいろいろと考えているんだろう?」

「私は特別な肩書で日本へきたわけではないけれど、エイズの研究に関しては、多少政府から資金の援助を受けていたから、そのお礼かたがた大統領にお会いして、こちらで学んだことなどを交えて、いろいろ進言したいと思っているんだ。政府が採用するかどうかは別にして、次のようなことを話してみようと思う。

南アにはすでに、エイズ関係のいろいろな部局がある。しかし、それとは別に、エイズ対策委員会を設ける。ここを拠点に、まずエイズに対する啓発運動を行いたいと思うんだ。似たような部局はこの対策委員会に吸収し、エイズ対策委員会は中央のほか、各地方でも地方独自の啓発運動をする。達成すべき目標としては、国連エイズ特別総会が掲げた目標をそのまま使うことにする。つまり、エイズ対策の基本として①政府の指導、②予防、③ケアと治療、④人権、⑤孤児、⑥開発研究、⑦財源などを挙げるつもりなんです。

何と言ってもエイズ対策には政府の指導が不可欠だから、総会が第一に挙げたのも当然だと思う。政府の指導によって、まず国民のエイズに対する無知をなくさなければならない。そのためには、政府が自ら進んで、エイズに対する教育や啓発運動を大々的にやる必要があるんだ。

次に予防。とにかくエイズ感染者を増やさないようにしなければ。コンドームを着け、輸血には安全な血液を使用する。麻薬を根絶する。それに、難しいことだが母子感染を防ぐには貧困をなくさなくてはならない。

三番目としては、ケアと治療。現在でも、世界に約四千万人のエイズ感染者がいる。

さらに、政府の指導が十分でない開発途上国では、感染者がまだまだ増加すると思われる。そこで保健制度の充実、優良な治療薬開発や研究が大いに望まれる。

そのほか感染者の人権擁護、孤児、特に感染孤児に対する支援、エイズワクチンなど治療薬の開発研究の促進なども挙げられる。こうした理念に従って実行していくわけだが、財源の確保は欠かせないから、いざ実行となると、どれもこれも容易ではないだろうね。

例えばコンドーム一つとっても、日本のようにはいかない。南アですべての人がパートナーを選んで、コンドームを使用するかどうかを決めるという習慣を持つのは、いつになることか。政府による適切な、長期的な指導教育も必要なら、本人の強い自覚もなければできないことだからね。

これは母子感染にしても同じで、背後には深刻な貧困という問題がある。こう見てくると難しい問題ばかりだよ。特に資金と治療薬の問題は大きい。金がなければ何もできないから…。資金については大統領や政府に任せるとして、問題は治療薬だね。安価なコピー薬を使うにしても…」

## 南アをエイズ撲滅の手本にしてもらえるように

マハラジ青年は母国への真剣な思いを、宇治に向かって熱く語り続けた。

「エイズの進行を遅らせる薬の開発で業界トップにあるのは、スイスの製薬大手のロシュ社と、英国製薬大手のＧＳＫ社なんだ。両社は薬の商品化にそれぞれ二十億ポンド、日本円にすると約三千五百億円以上を費やしてきた。それを回収し、さらに利潤を得るには販売戦略を綿密に練らなければならない。それだけに、企業にとってはエイズ研究の資金繰りは悩みの種だった。すでに述べたようにブラジル政府は特許権侵害を承知で既存のエイズ治療薬を複製することを決めた。それがいわゆるコピー薬といわれるもので、ロシュ社は価格引き下げ交渉で、米国での売買価格の半額以下でブラジル政府に提示したが、それでも折合いがつかなかった。

そんな中でブラジル政府が、エイズ禍を国家の非常事態と宣言し、特許権侵害を正当化したために、アフリカや中南米諸国がこれに追随するのも時間の問題ではないかと考えられていた。ただ薬品業界のアナリストは、多くの国が特許侵害の挙に出ても、ただちに商売にはねかえるわけではないと見ている。ＧＳＫ社もロシュ社も米国や欧州、日本で稼げるせいか、それほど危惧はしていないのではないかな。

ただし、コピー薬が多くの国で作られ、世界中に売られるようになると、エイズ薬市場を制御できなくなるという恐れはあるだろう。途上国がそう急に力をつけてくるとは思えないが、コピー薬が途上国の中で売られているうちはともかく、先進国に渡ってヤミで取引されるのは困るはずなんだ。

とにかく治療薬の問題は大変ややこしく、難しい問題だよ。製薬会社が利益を得られないから研究開発や製造を止めよう、ということになったら大変だ。エイズ禍で滅亡する国だって、出てくるかも知れない。もっとも製薬大手と言えども、国際世論を無視したり、敵に回すような愚はしたくないだろうが。

企業側が抱く懸念は、カネの面だけじゃない。ＧＳＫ社の広報担当者は、薬の服用法を厳密に守らないと、エイズウイルスがかえって薬に対する抵抗力を持つようになる可能性があると、警告しているんだ」

「ワクチンの開発は、どうなっているんだい？」

「今のところ様々なリコンビナントウイルスとエンベロープ蛋白を組み合わせる方法が、ワクチンの最有力候補と考えられている。しかし、残念ながら明らかに有効とされるものは今のところ存在しない。治療薬もワクチンも、今のところは前途遼遠といった感じなんだ」

「他に何か、エイズ対策の有効な方法はないんだろうか？」

「世界ではいろいろな取り組みがなされているよ。例えばスイス政府が開発したパソコンゲームのことを知っているかい？　これはスイス政府が若者のエイズ予防意識を高めようと独自開発したもので、インターネット上で大人気を集めている。ソフトの名前は、『精子を捕まえろ（Catch the sperm.）』。画面を横切って泳いでくる精子をコンドームがうまく包み込むと加点され、その得点を競うゲームなんだ。

スイス連邦保健局はエイズ予防キャンペーンの一環としてホームページを作成したんだが、読まれなければ意味がない。だから、インターネットをよく使う世代、十五歳から三十歳ぐらいの層の関心を引くために、このゲームを開発したらしい。ゲームは楽しくてわかりやすい上に、コンドームの使用がエイズを防ぐ一番優れた方法であることを教えてくれるから、とてもいいんじゃないかな。このゲームをインターネット上で無料配布したところ大反響を呼んで、すでに世界で千四百万人以上が利用しているらしいよ。

ところで、私にとって最大の関心事は、このような対策案を大統領や政府が受け入れてくれるかどうか、ということなんだ」

「僕なら、君がさっき話してくれた対策案を絶対に採用するよ。南ア当局も全部は採用しないかも知れないが、重要な案件に関してはきっと採用すると思う。事態は急を要するわけだし。君の案は僕から見てもよく考えられているし、日本で半年に渡ってよく研究し、よく勉強した成果そのものだと思う。

とにかく、大変な仕事であることには間違いないから。何があってもくじけず、やっていくことだ。僕からこれ以上、何も言うことはない。ただ、四百七十万人という途方もない患者のケアと、南アが世界のエイズ撲滅プロジェクトの先頭に立って行くということを、忘れないでもらいたい」

「うん、そのつもりだよ。とにかく何としてでも、南アフリカをエイズ撲滅の手本にしてもらえるように。それが私自身、今までお世話になったいちばんの御恩返しだと思っている」


そんな会話を交わした翌日、マハラジ青年は帰国の途についた。宇治と宇治の両親も揃って、バス停まで見送った。半年以上も家族同様に暮らし、毎日のように語り合ってきたので、二人は共に別れがたい気持ちだった。

宇治の両親は二人の好青年が固い握手を交わし、強い抱擁でその気持ちを表現する様子を、目を細めて眺めていた。マハラジ青年はその後、両親とも握手を交わし、バスが来ると、名残り惜しそうに手を振りながら乗り込んだ。

宇治と両親も、バスが見えなくなるまで見送った。

宇治はすでに同じ雑誌社から、世界の子どもたちをテーマとした、新しい仕事の依頼を受けていた。

参考文献——読売新聞（読売新聞社）、現代用語の基礎知識（自由国民社）、イミダス（集英社）など。

著者プロフィール

荻生　正春（おぎゅう　まさはる）

明治44年生まれ。
横浜市在住。
主な著書に『赤い惑星』第一巻～第三巻（近代文芸社）がある。



世界《せかい》を翔《か》ける男《おとこ》　エイズ問題に取り組んだ青年たち

2002年5月15日　初版第1刷発行

著　者　荻生《おぎゅう》 正春《まさはる》
発行者　瓜谷 綱延
発行所　株式会社 文芸社
〒160-0022　東京都新宿区新宿1-10-1
電話　03-5369-3060（編集）
03-5369-2299（販売）
振替　00190-8-728265
印刷所　図書印刷株式会社




ISBN4-8355-3824-2 C0093